나는 글쓰기로 설렌다.

공저 오현주 · 윤수임 · 이은조 · 이자영 · 이현숙 · 이혜일

Contents

- 싱어송라이터 프로젝트 9

오현주

- 나부터 합니다 27

윤수임

- 독서지도사 엄마와 아이 함께 성장하기 51

이은조

- 초등입학 전 다시 시작하는 그림책 읽기 67

이자영

- 사랑하는 나를 위한 힐링 2시간의 마법 85

이현숙

- 마흔의 낱말들 97

이혜일

우리 모두는 자기 삶의 저자입니다

누군가 제게 지금까지 살면서 제일 잘한 일이 뭔지 묻는다면 저는 한 단어로 답하겠습니다. 책 쓰기. 책 쓰기는 제게 새로운 길을 선사했고, 덕분에 '내게도 이런 일이 일어날까?' 한 번도 생각하지 못했던 멋진 일들이 펼쳐졌습니다. 책 집필을 통해 삶을 바꿀 수 있음을 체험하면서 다른 사람의 성장을 돕는 책 쓰기 교육을 시작했습니다. 이 또한 책 출간이 선사한 선물입니다.

오래전 처음 책 쓰기 교육을 준비하면서 한 가지 목표를 마음에 새겼습니다. 바로 좋은 책을 쓰도록 돕는다는 것입니다. 좋은 책에 대한 절대적인 기준이 있는지는 모르겠지만, 제가 생각하는 좋은 책은 진정성을 담아 자신과 독자의 정신과 삶에 긍정적인 자극을 주는 것입니다. 좋은 책은 책과 저자가 따로 놀거나 분리되지 않습니다. 책을 쓰며 먼저 저자 스스로 성장해야 좋은 책을 쓸 수 있습니다. 책 작업과 삶이 서로에게 자양분을 제공하여 선순환을 그리며 함께 성장할 수 있도록 안내하는 게 제 역할입니다.

책 집필은 제가 알고 있는 최고의 공부법이자 자기 탐구 방법입니다.

한 권의 책을 쓴다는 건 본인의 화두 또는 절실한 문제를 풀기 위해 스스로 질문하고 성찰하고 답을 찾아가는 과정입니다. 그래서 책 쓰기는 성찰과 성장을 연결하는 다리와 같습니다. 글을 쓴다는 것은 스스로 자신과 삶의 안팎을 살펴보고 사유하고 정리하는 능동적 활동이기 때문에 이런 과정이 쌓이고 쌓여 임계점을 넘을 때 본질적 성장이 가능합니다. 이게 끝이 아닙니다. 성장은 성찰에 동기와 재료와 추진력을 더하여 더 깊은 성찰을 촉진하므로 그만큼 정신이 성숙하고 글쓰기도 넓어지고 정교해집니다. 이렇게 성찰과 책 쓰기와 성장은 선순환하며 상승효과를 일으킵니다.

저는 지금까지 아홉 권의 책을 출간했습니다. 책을 한 권 두 권 내면서 책을 쓰는 과정이 인생과 닮았음을 실감합니다. 하루하루가 모여 삶을 이루듯 한 장 한 장 글로 채워야 책이 됩니다. 모든 인생이 그 삶을 살아가는 사람을 닮을 수밖에 없듯이 모든 책에도 글쓴이의 마음과 언행이 투영됩니다. 요컨대 인생은 온전히 내가 한 단어, 한 문장, 한 페이지씩 써나가야 하는 책이며, 우리 각자는 자기 삶의 저자입니다. 때때로 스스로 묻곤 합니다.

"내 인생이 한 권의 책이고 내가 그 책의 저자라면 무엇을 어떻게 쓸 것인가?"

책을 한 권 한 권 완성하며 이 질문에 나름의 답을 하고 있다고 저는 믿습니다. 이렇게 삶은 책이 되고 책은 삶이 됩니다.

꼭 일기가 아니더라도 어떤 글을 쓴다는 건 그때의 나를 정교하게 기록해두는 일입니다. 이 기록에는 공부한 내용과 경험한 일과 가슴에 품어온 생각 등 다양한 것들이 담길 수 있는데, 그게 무엇이든 마음에 씨앗으로 뿌려지고 이내 나란 존재를 형성합니다. 특히 책을 쓴다는 건, 과거의 나에 관한 기록을 넘어 현재의 자신을 성찰하고 앞으로 만나고 싶은 나를 그려 보는 길이기도 합니다. 책은 자기를 비추는 거울입니다. 유리 거울은 겉모습을 비춰주고, 책 거울은 존재를 비춰줍니다. 책 쓰기는 직접 거울을 만들어 나 자신을 갈고닦는 과정입니다. 성실히 글을 쓰고 한 권의 책으로 묶는 일이 자기를 재발견하고 자기다운 삶을 모색하는 훌륭한 방법인 이유가 여기에 있습니다.

이번에 인천광역시교육청에서 주최한 '내 인생의 첫 책쓰기' 연수는 매우 뜻깊은 교육입니다. 본 교육은 학부모를 대상으로 2개월 동안 총 8회에 걸쳐 진행했으며 회당 강의 시간은 150분에 달했습니다. 학습자들은 그저 강의만 듣는 게 아니라 매주 까다로운 과제를 붙들고 씨름했습니다. 여기에 더해 육아와 집안일까지 병행해야 했기에 더욱 만만치 않은 과정이었습니다.

그대가 손에 들고 있는 이 책은 이 모든 어려움을 극복해낸 결실입니다. 모두가 합심하여 이렇게 각자 앞으로 쓰고자 하는 책의 출간 기획서와 서문, 그리고 샘플 원고를 모아서 한 권의 책으로 펴낼 수 있게 되어 뜻깊습니다. 여기에 실은 기획서를 포함한 모든 내용은 우리 학습자 한 사람 한 사람이 치열하게 고민하고 정성껏 작성한 결과물입니다. 물론 아직 최종본은 아니어서 개선할 점이 남아있지만, 하루하루가 쌓여 삶이 되듯이 책 작업도 이렇게 하나씩 하나씩 만들어 나가는 여정입니다.

한 권의 책을 완성하는 일은 중장기 프로젝트입니다. 짧으면 수개월,

길게는 몇 년이 걸리기도 합니다. 책을 쓰는 방법은 다양하지만 변하지 않는 진실이 있습니다. 꾸준히 써야 한다는 겁니다. 교육은 이제 마무리하지만 우리는 책 작업을 계속해야 합니다. 이 책이 우리 학습자들이 출간 동기를 되새기고 집필을 지속하는 데 도움이 될 거라 믿습니다. 아울러 본 교육에 참여하지 않았지만 책을 쓰고자 하는 분들에게도 다양한 출간 기획서를 접할 수 있는 흔치 않은 기회를 제공함으로써 긍정적 자극과 아이디어를 제공할 수 있으리라 기대합니다.

두 달 넘게 강사가 교육에만 집중할 수 있도록 배려해주시고 교육 준비를 도맡아 해주신 인천광역시교육청의 조윤경 장학사님에게 감사한 마음 전합니다. 짧지 않은 교육 기간과 많은 과제에도 불구하고, 그리고 무엇보다 부족한 강사를 믿고 끝까지 함께 해주신 모든 학습자 분들에게 진심으로 감사드립니다.

마지막으로 이 책을 손에 든 모든 분들에게 말씀드리고 싶습니다.

그대의 '좋은 삶'을 닮은 '좋은 책'의 저자가 되어주세요.
그대의 첫 책을 기다리고 있을게요.

홍승완,

'내 인생의 첫 책쓰기' 연수 심화과정 강사 · 〈내 인생의 첫 책 쓰기〉 저자

2023년 9월

나는 글쓰기로 설렌다 출간 기획서

오 현 주

싱어송라이터 프로젝트

싱어송라이터가 되고 싶은 이들을 위한 입문서

제목

싱어송라이터 프로젝트

싱어송라이터 되는 법

부제

싱어송라이터가 되고 싶은 이들을 위한 입문서

저자 소개

오현주

버스를 타고 홍대입구역을 지나가는 길이었다. 우연히 미디 학원 광고를 보고, 어린 시절 싱어송라이터의 꿈이 기억나 그곳에서 음악 공부를 시작하였다. 인천광역시에서 제공한 '책 쓰기 프로젝트' 연수를 통해서, 책 쓰는 방법을 알게 됐다. 다년간 작성해 왔던 저자의 음악 노트를 책으로 출간하고자 한다. 일반인이 싱어송라이터가 되기까지 필요한 저자의 경험과 노하우를 이 책 한 권에 모두 담았다. 많은 음악 꿈나무가 영감을 얻고 꿈을 키워나가는 데 도움이 되었으면 한다.

예상 독자층

10~40대 남녀, 싱어송라이터가 되고 싶은 학생, 직장인 및 일반인. 흥얼흥얼하는 멜로디를 노래를 만들어 보고 싶은데, 방법을 몰라서 어려워하는 사람.

컨셉

독자가 실제로 디지털 싱글 앨범을 기획하고, 만드는 과정을 간접 체험할 수 있도록 책을 구성한다.

시중에 나와 있는 책들은 대부분 작곡, 노래, 가사 쓰기, 홈 리코딩 등등 한 분야에 집중하여 나온 책이 대부분이다. 이런 책들을 각각 다 공부해도 기획력이 없으면 실제 곡을 쓰기는 어렵다.

싱어송라이터가 디지털 앨범을 실제로 어떻게 만드는지 전반적인 과정을 소개 한다. : 기존의 싱어송라이터들이 쓴 책들은 에세이가 대부분이다.

글쓰기와 음악 작곡은 모두 창의성과 상상력을 요구하는 과정이기에 둘을 결합하여 풍부하고 흥미로운 콘텐츠를 만든다.

디지털 싱글 앨범을 만들기 위한 기획력과 제작 과정을 책 쓰기 방법을 도입하여 사유하고 효과적인 음악 작업 방법을 소개 한다. : 글쓰기 소재를 탐색하는 방법, 컨셉 정리하는 방법 등 여러 글쓰기 초기 단계들을 음악 제작 과정에 도입하여 사유하고, 기획력 올리는 법, 트렌드와 곡 분석하는 법, 기존 곡과 차별성을 만드는 법을 공유한다.

음악 작곡과 테니스의 이너 게임을 결합하여 자기관리 하는 방법에 관해 소개한다.

테니스를 잘하기 위해 필요한 4가지 요소는 전략, 기초, 체력, 정신이다. 이 중 가장 중요한 것은 정신이다. 음악 제작도 마찬가지다. 테니스에서 정신력을 강화하는 방법인 이너 게임을 곡쓰기 과정에 대입해 보고, 자기 부정, 비판 보다는 항상 긍정적인 마음으로 즐겁게 음악 생활하는 방법을 소개한다.

Contents

준비 및 구상

1.1. 목표 설정하기

1.2. 동기 부여 및 습관화

1.3. 트렌드 읽기

1.4. 장르 알아보기

1.5. 좋아하는 곡 목록 만들기

1.6. 레퍼런스 수집 및 분석

1.7. 주제 선정

1.8. 작업 범위 결정

작곡하기

2.1. 기준점 정하기

2.2. 코드 정하기

2.3. 리듬 만들기

2.4. 멜로디 만들기

2.5. 미디 입력하기

- 모티브 녹음
- 코드 입력
- 드럼 입력
- 멜로디 입력
- 베이스 입력
- 선율 입력

기타 여러 악기 입력
가상악기 종류와 활용
2.5. 배열하기

작사하기
3.1. 소재 정하기
3.2. 트렌디한 가사 쓰기
3.3. 입체적 가사 쓰기
3.4. 감동을 주는 스토리텔링 가사
3.5. 개성과 차별성을 만드는 진솔한 가사
3.6. 멜로디에 맞춰 쓰기

고쳐쓰기
4.1. 스크래치는 쓰레기
4.2. 수정만이 살길이다
4.3. 밀도 올리기
4.4. 빨리 끝내기

보컬 녹음하기
5.1. 곡 완성도를 결정하는 보컬
5.2. 좋은 보컬의 기준과 트렌드
5.3. 노래 잘하는 법
5.4. 실전 녹음

믹싱/마스터링

6.1. 음 정리

- 불협화음 수정
- 잡음 정리

6.2. 믹스하기

- 믹스의 목적
- 이펙터 종류와 활용
- 오디오 변환
- 악기별 공간 지정
- 사운드 정리
- 오토메이션

6.3 마스터링

- 마스터링의 목적
- 마스터링 방법

6.4 전문가와 함께하기

출판하기

7.1. 제목 정하기

7.2. 앨범 표지 타이틀 만들기

7.3. 앨범 소개 글 작성

7.4. 생명의 탄생처럼 신비로운 내 음악의 탄생

7.5. 저작권등록

7.6. 방송국에 제출

7.7. 온라인 유통사 컨택

7.8. 뮤지션으로 거듭나다 : 예명 등록

7.9. 홍보하기

자기관리

8.1. 곡을 끝마치지 못하는 이유
8.2. 스스로에 대한 판단 멈추기
8.3. 모든 것은 멘탈 게임
8.4. 즐기자

Introduction

음악은 많은 사람들에게 놀라운 재능과 예술적인 표현의 수단으로 여겨지지만, 그 안에는 많은 고민과 도전이 숨겨져 있다.

내가 초등학교 6학년 때 일이다. 동급생 친구가 서울 연예기획사에 가수 오디션을 보러 갈 계획이 있다며, 나에게 작곡을 해 달라고 부탁했다. 가사는 본인이 써왔다면서 구깃구깃한 종이 한 장을 내밀었다. "너에게 쓰는 편지"라는 제목이었다. "널 좋아하는 마음을 담은 편지를 썼는데, 받아 줄래?"하고 묻는 내용의 가사였다.

나는 피아노를 잘 쳐서 학급에서 음악 시간에 피아노 반주를 하기도 하였다. 작곡을 해본 적은 없었지만, 할 수 있을 것 같았고, 흥미로웠다. 가사를 받아 집에 돌아왔다. 피아노 앞에 앉아서 한참을 고민했다. 그리고 이내 후회했다. 아무 생각도 나지 않았다. 곡을 만들어 주기로 약속한 날은 점점 다가왔다. 당시 한스밴드의 노래가 유행이었다. 그 곡의 코드를 참고하여, 어디서 많이 들은 것 같은 멜로디를 붙여서 총 16마디의 간단한 노래를 만들었다. 친구는 매우 만족해했고, 나는 그날 이후 작곡에 관심을 두게 되었다. 도서관에서 작곡 관련 도서를 몇 권 읽었지만, 내용이 어려워 자연스럽게 멀어지게 되었다.

몇 년 전, 하루는 버스를 타고 홍대입구역을 지나가고 있었다. 컴퓨터만 있으면 단기간에 작곡할 수 있다는 미디학원 옥외 광고에 매료되었다.

'어린 시절의 꿈을 실현할 기회가 왔구나! 도전해 보자!' 그렇게 미디 학원에서 프로듀싱 기초 및 중급 과정 수업을 받았다. 개인지도도 2년 정도 받았다. 그 과정에서 여러 결과물이 있었지만, 계속 갈증만 남기고 완성된 작품으로 이어지지는 못했다.

DAW(디지털 오디오 워크스테이션)의 사용법, 믹싱/마스터링 기술, 이펙터를 다루는 법을 배우면서 기술적인 부분은 충분히 익혔지만, 진정으로 멋진 곡을 쓰는 것은 어려웠다. 작곡에 필요한 기술적인 요소뿐만 아니라 음악적인 요소를 이해해야 했다. 수많은 음악 중에 어떤 컨셉의 어떤 스타일의 음악을 하고 싶은 건지 나를 이해하고, 대중에게 어필 할 수 있는 곡을 만들 수 있는 기획력도 필요했다.

그 후, 실용음악 교재와 여러 관련 도서를 읽었고, 미디 학원에서 프로듀싱 수업 받았던 내용을 복습했다. 고민되었던 여러 문제에 대해 질문을 던지고 나만의 답을 찾는 과정에서 많은 것을 깨닫게 되었다.

음악 공부를 시작한 순간부터, 지금까지 정리해 온 음악 노트를 책으로 출간하고자 한다. 이 책을 통해, 싱어송라이터를 꿈꾸는 음악 입문자들에게 전반적인 음악 작업 과정을 이해하는 데 도움을 주고 싶다. 나아가 디지털 싱글 앨범을 완성하고, 자신만의 음악적인 정체성을 만들어 가는 데 참고가 되었으면 한다.

희망 출간일 : 2024년 하반기

Ⅰ. 준비 및 구상

목표 설정하기

싱어송라이터란?

싱어송라이터는 가수(Singer)와 작곡가(Song writer)를 결합한 단어이다. 자기가 부를 노래를 직접 쓰는 사람이란 뜻이다. 독립적인 문화와 예술 활동을 주도하는 "인디신"의 대표이자, 음악산업에서 중요한 위치를 차지하고 있다.

처음 "싱어/송라이터"라는 용어는 60년대 후반과 70년대 초반 〈Blowin' in the Wind〉이란 곡으로 유명한 밥 딜런을 따라오는 많은 연주자를 가리켰다. 포크와 컨트리 음악에서 영감을 받은 원조 싱어/송 라이터들은 대부분 어쿠스틱 기타나 피아노와 함께 혼자 무대에 섰으며, 일부는 작은 밴드와 함께했다. 작곡가가 자신의 감정과 경험을 음악으로 직접 표현하기에, 개인의 스토리텔링을 기반으로 내향적인 독특한 가사가 특징이다.

대중가요를 좋아하는 사람은 한 번쯤 가수가 되는 것을 꿈꾼다. 일부 사람들은 소속사 오디션을 보거나 보컬 트레이닝 학원에 다닌다. 많은 시간과 비용, 노력을 기울이지만, 그들 중 가수가 되는 사람은 극소수이다. 소속사나 작곡가, 프로듀서의 선택을 받아야만 가수가 될 수 있기 때문이다. 싱어송라이터가 된다는 것은 이런 선택 받아야 하는 문제에서 벗어난다. 내가 랩을 좋아하면, 힙합을 만들면 된다. 머라이어 캐리 가수처럼 부르고 싶으면 비슷한 노래 쓰면 된다.

하지만 하루아침에 싱어송라이터가 되기는 어렵다.

곡을 쓰기 위한 음악 이론과 홈 리코딩을 학습해야 한다.

음악 이론은 중고등학교 음악 수업 내용을 이해한다면 곡을 쓸 수 있다. 한 발 나아가 실용음악서까지 공부하면 좋다. 홈 리코딩을 위해선 디지털 오디오 워크스테이션(Digital Audio Workstation)이라는 오디오 편집 프로그램 사용법을 익혀야 한다. 키보드로 입력한 멜로디를 악보로 출력할 수 있고, 학습을 통해 디지털앨범으로 발매할 수 있는 수준의 음원을 직접 만들 수 있다.

홈 리코딩을 위한 준비

홈 리코딩을 하기 위해서는 디지털 오디오 워크스테이션 프로그램과 컴퓨터, 오디오 인터페이스, 모니터링 스피커, 마이크, 캐논(XLR) 케이블, 마스터키보드 등 여러 장치가 필요하다.

디지털 오디오 워크스테이션(Digital Audio Workstation 줄여서 DAW)은 통상 미디 프로그램 또는 시퀀서라고 말하는 작곡 프로그램이다. 큐베이스, 로직 프로 X, 에이블톤 라이브, 프로툴스 등 다수의 프로그램이 존재한다. 위 열거한 프로그램이 가장 보편적으로 쓰인다. 데모를 사용해 보고 가장 다루기 편한 것을 선택한다. 일단 로직이든 큐베이스든 한 프로그램의 사용 방법을 통달하면 다른 프로그램 사용법도 직관적으로 알 수 있다. 인터페이스 구성이 유사하기 때문이다. 인터페이스를 크게 구분하자면, 곡의 빠르기 설정하는 창, 악기 선택 창, 선택한 악기로 음을 입력하는 피아노롤 창, 입력한 악기의 음색을 편집하고 볼륨을 조정하는 믹서창, 믹싱작업이 완료된 곡의 음압을 정리하고 마무리하는 마스터링 창이 있다.

컴퓨터는 17인치 이상의 모니터 크기를 가진 노트북을 추천한다. 화면이 작은 것보다 큰 것이 작업하기 편리하고, 다른 사람과 협업할 수도 있으니 이동할 수 있는 것이 좋다.

오디오 인터페이스는 소리 입출력 장치를 컴퓨터에 연결하기 위한 중간 연결 장치이다. 마이크, 마스터키보드, 스피커를 오디오 인터페이스 단자에 연결하고, 오디오 인터페이스는 컴퓨터에 연결한다. 오디오 인터페이스를 거치지 않고 컴퓨터에 직접 마이크와 스피커를 연결하면 깨끗한 소리를 녹음할 수가 없고, 소리가 왜곡되어 출력된다.

마이크는 콘덴서 마이크와 다이내믹 마이크가 있다. 콘덴서 마이크는 스튜디오에서 보컬 녹음을 위해 사용하는 마이크로 사방에서 오는 소리를 모두 잡는다. 보컬의 미세한 떨림, 숨소리 하나까지 놓치지 않고 모두 입력할 수 있는 장점이 있다.

다이내믹 마이크는 노래방에서 볼 수 있는 형태의 마이크이다. 마이크에 직접 입력되는 한 방향에서 오는 소리만 잡는다. 완벽한 차음이 어려운 홈 리코딩 환경에서 사용하기 유리하다.

마이크나 악기 등 음향기기는 3 핀짜리 캐논(XLR) 케이블로 오디오 인터페이스에 연결한다. 녹음 작업 세팅 시 노이즈가 발생한다면 이 케이블 문제일 가능성이 크다. 그때는 케이블을 교체하면 된다.

모니터링 스피커는 정확한 믹싱/마스터링 작업을 위해서 필수이다. 보통 스피커들을 좋게 들리게 하기 위해 저음을 잘 들리게 한다. 모니터링 스피커는 소리를 객관적으로 왜곡 없이 출력한다. 마스터링용 헤드셋보다는 모니터링 스피커로 작업 하는 것을 추천한다. 나중에 설명하겠지만, '헤드룸'이라는 음악적인 공간감을 더 명확하게 느낄 수 있기 때문이다.

마스터키보드라는 미니 피아노처럼 생긴 입력 장치이다. 미디 프로그램에 음을 입력할 때 마우스를 사용할 수 있지만 마스터키보드를 이용하면 훨씬 빠르고 편하게 입력할 수 있다.

모든 장비는 저가형부터 고가형까지 가격대 범위가 굉장히 넓다. 처음부터 비싼 장비를 갖출 필요는 없다. 저가형 장비로도 잘 만들 수 있다. 장비보다 제일 중요한 것은 곡을 만드는 사람의 귀이다. 각자 지출할 수 있는 예산을 정하고 그에 맞춰 구매하자.

어떻게 공부하는 게 좋을까?

어떤 배움이든 가장 쉽고 빠른 길은 선생님과 함께 가는 것이다. 그것은 마치 낯선 여행지를 갔을 때, 현지 여행가이드와 관광하는 것과 같다. 단시간 내에 효율적으로 유명 관광지를 돌아볼 수 있을 것이다.

음악 교육에 선생님은 필수다. 본인이 만든 습작에 대한 피드백을 받아야 하기 때문이다. 습작에 대한 피드백을 정교하게 받으면 받을수록 다음 결과물의 수준이 높아지고 음악적으로 성장할 수 있다. 또, 막히는 부분이나 궁금한 점에 대해 질문하고 답을 얻는 과정에서 많이 배운다.

각 지역에 있는 "음악창작소"나 "아트 센터" 등 공공 교육기관이 제공하는 음악 제작 교육 수강을 추천한다. 대부분 무료이고, 현역 프로들의 강의를 들을 수 있다. 음악 제작이나 연습을 위한 공간도 저렴하게 대관할 수 있다.

경제적으로 여건이 된다면, 현역 프로가 있는 실용 음악학원 또는 미디 학원에서 음악 제작 교육을 수강하는 것을 추천한다. 여건상 오프라인 교육기관을 가기 어려운 경우, 현역 프로나 음악 전문 교육 기관이 제공하는 온라인 강의 수강을 추천한다. 짧은 기간에 매우 많은 내용을 습득할 수 있다. 평균 3~6개월 정도면 디지털 오디오 워크스테이션 사용법과 전체적인 음악 제작 과정을 이해할 수 있다.

앞서 현역 프로를 계속 강조하는 이유는, 대중음악의 유행 흐름이 굉장히 빠르게 때문이다. 지속해서 유행하는 사운드를 연구하고, 내가 만든 결과물을 최신 스타일과 견주어 조언해 줄 수 있는 선생님과 공부해야 세련된 음악을 만들 수 있다.

디지털 오디오 워크스테이션 교육 수강과 동시에 강화하고 싶은 부분에 대한 독서도 필수다. 예를 들어, 작사 하는데 어려움을 느낀다면 작사 방법을 주제로 한 책을 보고, 코드를 잘 모르면 코드 진행 관련된 책을 읽는다. 멜로디 쓰기가 어렵다면 작곡법 책을 찾아본다. 음악 제작 과정에 필요한 작곡, 작사, 보컬, 사운드 디자인, 믹싱, 녹음, 마스터링을 주제로 각 분야의 전문가들이 쓴 훌륭한 책들이 많이 있다. 처음에는 잘 이해가 가지 않더라도 비슷한 주제의 책을 계속 반복해서 보면 내용이 와 닿는 순간이 온다. 책을 보다가 질문이 생길 때는, 사전에서 어휘 뜻을 찾아 보듯이 인터넷이나 유튜브에서 답을 찾아본다. 유튜버마다 다양한 의견과 방법을 제시할 것이다. 그 안에서 나에게 맞는 것을 수용하거나, 공통으로 동일하게 설명하는 내용을 받아 들이면 된다. 시작부터 인터넷이나 유튜브로 음악 공부 하는 것은 추천하지 않는다. 전체 맥락이 아니라 일부분만 알려 주거나, 잘못된 정보도 많이 있기 때문이다.

구체적인 목표 설정하기

하나의 곡을 만들기까지 필요한 작업 리스트는 크게 다음과 같다.

1. 아이디어탐색 : 샘플, 곡 등 레퍼런스 찾기
2. 코드 정하기
3. 모티브 만들기
4. 편곡하기
5. 가 믹스 : 볼륨 밸런싱 및 사운드 정리
6. 가사 쓰기
7. 보컬 녹음하기

8. 보컬 편집

9. 전체 믹싱

10. 마스터링

본격적으로 음악을 만들기 위한 로드맵을 짜보자.

엄밀히 따지면 1, 2, 3, 4, 5는 작곡가의 영역이고, 6은 작사가의 영역, 7은 가수의 영역, 8, 9, 10 은 전문 엔지니어의 영역이다. 1-7번 까지만 해도 싱어송라이터라고 할 수 있다. 녹음, 믹싱, 마스터링은 스튜디오에서 전문 장비로 현장 엔지니어와 함께 할 수도 있다. 그러나 이 부분까지도 스스로 하는 뮤지션들이 늘어나는 추세이다. 전문가에게 맡기면 편리하고, 빨리 내 곡을 가질 수 있는 방법이긴 하지만, 우리는 한 곡만 만들고 끝나지 않을 것이기 때문에, 이왕 싱어송라이터가 되기로 마음 먹었다면 최종적으로 이 부분까지 통달하는 것을 목표로 세우자.

현시점에서 스스로 어디까지 작업 하고 싶은지, 할 수 있는지 생각 해보고, 시간 계획을 세워 보자.

이 책을 잘 활용하여 마지막 장을 덮을 때는 나만의 곡을 완성하기를 바란다.

동기부여 및 습관화

강한 내적 동기는 목표를 이루게 한다.

싱어송라이터가 되기 위해서는 적어도 1~2년 정도 습작을 만들고 꾸준한 공부를 해야 한다. 그런데 바쁜 일상에 쫓기다 보면 현실과 타협하게 된다. 호기심에 시작했다가 왜 싱어송라이터가 되려고 하는지 뚜렷한 동기가 없어서, 시간과 비용만 들이고 중간에 그만두는 안타까운 경우가 많다.

스스로 다음 질문을 해 보자.

나는 싱어송라이터가 왜 되어야만 하는가?

어릴 적 꿈을 실현하고 싶은 욕구에서일 수도 있고, 누군가에게 노래로 감동을 주고 싶어서 일 수도 있고, 전문 공연자나 가수로써의 삶을 살고 싶어서일 수도 있다. 답은 개인마다 다를 것이다. 포스트잇에 위 질문의 답을 써서 책상 앞에 붙이자. 매번 음악 공부나 작업을 하기 전에 의미를 새겨읽으며 마음을 다잡자.

'저는 즐기려고 음악 만들어요. 지금 못하면 내일 하면 되고 내일 못하면 그다음 날 하면 되겠지요. 언젠가 하면 되는 거 아니에요?'라고 생각할 수 있다. 그런 생각을 가졌다면 절대 곡을 완성할 수가 없다. 오늘 할 일을 내일로 미루지 말고 당장 시작해야 한다. 대부분 사람이 생각만 하고 실천하지 않는다. 못해서 안 하는 것이 아니라 안 해서 못 하는 것이다. 게으름과의 싸움이다. 잘해야 즐길 수 있다.

직장인이라면 '남들은 Netflix 보고, 퇴근하고 만나서 맥주 마시고, 데이트하고 즐거운 시간을 보내는 데, 나는 무슨 부귀영화를 누리겠다고 이 고생을 하는지 모르겠다'하며 현실을 자각하는 순간 온다. 그럴 때는 나만의 앨범을 꼭 갖고 싶다는 큰 소망을 떠올려 보자. 그리고 빨리 곡 작업을 완료할 수 있도록 매진해야 한다.

곡을 쓸 때 가장 힘든 점은, 지금 쓰는 이 곡이 갑자기 이상하고 별로인 것 같다는 느낌이 올 때이다. 자신은 재능이 없거나 부족하다는 생각이 들고 자존감이 한없이 추락한다. 그러나 애초에 곡을 '이렇게 만들어야겠다'라고 모티브 잡고 시작해서, 여기까지 온 데는 분명히 끌리는 점이 있었기 때문이다. 의심하지 말자. 일단 곡을 끝내는 것에 중점을 둔다. 무조건

완성하고, 더 나은 다음 곡을 만들면 된다. 절대 좌절하지 말고 자신을 믿고 앞으로 나아가자.

목표를 이뤘을 때, 그동안 고생한 자신에게 줄 보상을 설정하자. 일주일 동안 아무것도 하지 않는 휴가라든가, 여행도 괜찮다. 구매를 망설였던 물건을 자신에게 선물하거나, 좋아하는 뮤지션의 공연을 보러 가는 것도 좋다. 개인의 상황과 취향에 맞게 보상을 설정하자.

습관은 하루아침에 만들어지지 않는다.

'천 리 길도 한 걸음부터'라는 속담처럼 시작이 중요하고, 일상에서 이루어지는 작은 노력들이 있어야 목표를 이룰 수 있다.

언제까지 곡을 완성하겠다는 목표 기간을 정했나면, 그 기간에는 항상 같은 장소, 같은 시간에서 꾸준하게 앉아 공부하고 작업 할 수 있도록 하자. 스마트폰 알림을 이용하거나 사람들끼리 서로 습관을 형성할 수 있게 독려하는 소셜 미디어를 활용해 보자. 네이버 밴드 앱에서 '습관 만들기'로 검색하면 쉽게 찾을 수 있다.

칭찬 스티커 활용도 좋은 방법이다. 100개 붙이는 것을 목표로 설정하고, 다 채웠을 때 자신에게 보상을 주는 방법도 추천한다.

매일 2시간 정도 꾸준하게 음악 공부나 작업에 할애할 수 있으면 좋겠지만 처음엔 어려울 수 있다. 우선 30분만 앉아 있는 것으로 시작하자. 막상 앉으면 30분 이상 매진 하게 된다.

매일 하는 것이 어려운 사람도 있을 것이다. 작업 할 특정 요일과 시간 횟수를 정해 보자. 예를 들어, 일주일 주 3회 월, 수, 금 저녁 8시에서 10시라든가, 수, 목, 토 새벽 5시에서 7시, 또는 주말 1~2일을 모두 할애해 폭풍처럼 몰아 쓸 수도 있겠다. 정답은 없다. 적어도 곡 하나를 완성할 때까지는 자신과 타협하지 않고, 계획한 대로 꾸준히 밀고 나가는 것이 중요하다.

책상에서 일어서기 전에는 그날 학습한 핵심 내용과 다음날 해야 할 일들을 간단히 메모하자. 머릿속에 있는 것보다 구체적으로 적어 시각화하는 것이 좋다. 다음 날 책상 앞에 앉았을 때, 딴짓하지 않고 해야 할 일에 집중할 수 있다.

꾸준한 노력과 인내, 긍정적인 마음가짐으로 일단 습관을 잘 형성하면 목표 달성에 성큼 다가갈 수 있다.

곡을 완성하는 것을 삶의 우선순위 1, 2, 3위 내에 두고, 자신과의 약속을 꼭 지키도록 하자.

나는 글쓰기로 설렌다 출간 기획서

윤수임

나부터 합니다

지구를 사랑하는 이들의 지구사랑 실천법

도서 제목 및 부제 (가칭)

- 나부터 합니다 : 지구를 사랑하는 이들의 지구사랑 실천법
- 지구를 사랑하는 사람들
- 지구를 위하는 일, 함께 해요
- 유별난 사람 아닙니다 : 지구를 사랑하는 사람들의 일상
- 지구가 걱정된다면: 지구사랑 고수에게 배우는 작지만 소중한 실천법

저자 소개

윤수임

지구를 사랑하고 걱정하는 1인. 지구에게 무해할 방법은 없는지 항상 고민한다. 그동안 지구를 위한 여러 가지 방법을 조용히 실천할 뿐이었는데, 조금씩 지구를 위하는 마음을 표현하고 있다. 그것이 지구를 더 위하는 일이라고 믿는다.

기획 의도

기후 위기가 실감나는 요즘이다. 지구 곳곳에서 이상한 기후가 나타나고 있다. 폭염, 혹한, 극한 호우, 홍수, 가뭄, 산사태, 산불까지 지구는 이제 아프다고 온몸으로 말하고 있는 듯하다. 지구 온난화 시대는 끝났다. 이제 지구 열대화 시대라고 UN은 발표했다.

우리나라도 예외가 아니다. 여태까지 겪어보지 못한 기후를 겪고 있다. 비가 오는 양상이 바뀌어 기존의 물관리 체계로는 감당이 되지 않고 있고, 과일 같은 농작물의 북방한계선 혹은 남방한계선은 점점 더 이동해서 앞으로는 우리나라에서 못 먹는 과일도 생겨날 것이라고 한다.

우리 모두 지구가 아파서 그렇다며 지금의 상황을 걱정한다. 하지만, 그뿐. 당신은 지구의 온도를 떨어뜨리기 위해 어떤 노력을 하고 있는가? 나 하나 해봤자 아무런 도움이 안 된다고 생각하는가? 그럴 때 '나부터'를 명심하자. 나부터 하고, 함께 하고, 할 수 있는 만큼 조금 더 한다면 지구 열대화 속도를 조금 늦추지 않을까. 지구를 위하는 일은 더 이상 북극곰이나 다음 세대를 위한 일이 아니다. 당장 우리 문제이다.

이 책은 내가 할 수 있는 만큼 불편을 받아들이고 지구 사랑을 실천하는 사람들을 소개한다. 지구를 위해 생활 속에서 실천하는 일이 특별한 것도 아니고, 짠한 것도 아닌, 그저 평범한 일상에서 생각만 1도 바꾼 것일 뿐. 유별난 것도 까탈스러운 것도 아닌, 지구를 사랑하는 마음이 더 크고 미안한 마음이 커서 뭐라도 실천하려고 행동하는 사람들.

그들에게 지구와 기후 위기는 어떤 의미인지 알아보고, 아직 실천하는 것을 용기 내지 못했다면 지구를 위해 할 수 있는 작은 실천을 배워보자.

주요 독자

- 나 혼자만 지구를 위해서 이러고 있는 걸까 싶어서 지구사랑 동지를 만나고 싶은 사람
- 지구를 위해서 텀블러와 에코백은 갖고 다니는데 할 게 더 없을까 찾는 사람
- 지구를 위해 뭔가 하고 싶은데 구체적으로 뭘 해야 할지 모르는 사람
- 지구를 사랑하는 사람들은 어떻게 사는지 궁금한 사람

기획의 특징 및 차별성

- **인물에 초점을 맞춘다.**

✔ 지구의 절박한 상태를 데이터 중심으로 알려주며 경각심을 일깨우는 기존 환경 도서와 달리 지구를 걱정하고 사랑하는 인물들을 중심으로 전개한다.

✔ 그들의 입으로 전해 듣는 지구의 현실

- **직접 만나서 취재하는 휴먼 다큐멘터리**

✔ 지구 사랑을 실천하는 고수를 만나 한 수 배우기

✔ 환경에 관심을 가진 계기

✔ 그들에게 배우는 실천 노하우, 이렇게까지 생활 속에서 실천하는 이유

✔ 그들에게 지구가 갖는 의미

- **지구를 위한 작은 실천법을 제시한다.**

✔ 이런 것도 지구를 위한 일이라고?

✔ 우리가 몰랐던 작지만 소중한 지구 사랑법

✔ 나의 작은 실천이 가져오는 나비효과

✔ 지구를 위한 것이 곧 나를 위한 일. 나부터 실천하자.

Contents

책을 펴내며 _ 나 혼자 해봤자? 나부터 합니다.
– 나부터 하는 것의 중요성

서문 _ 나의 지구 사랑 이야기
- 나의 지구사랑 실천법
- 하지만, 인간이 살아간다는 건 지구에 무해하기 힘든 것일까.
  여전히 탄소를 많이 배출하며 살아가는 모습에 밀려드는 자괴감.
  내가 과연 지구를 사랑한다 할 수 있을까
- 지구를 사랑하는 사람들을 만나고 싶은 마음, 배우고 싶은 마음, 뭐 더 없을까?
- 지구사랑 동지이자 고수를 찾아 나섰다.

※ 나의 지구사랑은 어느 정도일까? 자가 테스트

1장 조금씩 조금씩 하다 보니_오늘무해 프라우허
- 평범한 주부의 지구사랑 살림법
- 환경에 관심을 가진 계기
- 실천의 중요성
- 유튜브로 친환경 살림 노하우를 소개하는 이유
- 나에게 지구란?

2장 요구해야 변한다_타일러 라쉬

- 환경에 관심을 가진 계기
- 생활 속에서 실천하는 것
- 디지털 데이터가 만드는 탄소
- FSC 인증과 콩기름 인쇄
- 지구를 사랑하는 사람들이 목소리를 내야 한다.
- 나에게 지구란?

3장 함께 해요_플로깅 모임 와이퍼스 대표 황승용

- 평범한 회사원 황 대리의 이중생활
- 환경에 관심을 가진 계기
- 생활 속에서 실천하는 것
- 플로깅 모임을 만든 이유
- 지구 사랑을 실천하고 인생이 바뀌었다.
- 나에게 지구란?

4장 지구사랑법을 알려드려요_지구용 사람들

- 친환경 뉴스레터 지구용(지구를 지키는 용사들의 뉴스레터)
- 지구용을 구성하는 사람들
- 환경에 관심을 가진 계기
- 지구용 기획 과정
- 그들이 목소리를 내는 이유
- 그들에게 지구란?

5장 초고수를 만나다_ 그린디자이너 국민대 윤호섭 명예교수

- 국내1호 그린디자이너, 그린디자인 과목 최초 개설, 인사동 티셔츠 할아버지
- 환경에 관심을 가진 계기
- 냉장고를 없앤 지 20년 넘고 자동차는 폐차하고 옷은 사지 않는 삶
- 해마다 〈녹색여름전〉을 여는 이유
- 나에게 지구란?

나가는 글_취재하며 느낀 것

* 부록_지구 사랑을 실천하고 싶다면! 관련 단체, 링크 모음
* 참고문헌

** 취재대상자는 바뀔 수 있음

서문 및 샘플 원고: 다음 페이지에 첨부

Introduction

서서히 끓는 물 속 개구리

'삶은 개구리 증후군(Boiled Frog Syndrome)'이라는 말이 있다. 개구리를 끓는 물에 집어넣으면 바로 뛰쳐나와서 살지만, 찬물에 넣고 아주 서서히 데우면 개구리는 조만간 직면할 위험을 알지 못해 결국 죽는다는 뜻이다. 점진적으로 고조되는 위험을 미리 인지하지 못하거나, 적절한 대응을 얼른 하지 못해 결국 화를 당하게 되는 것을 비유하는 말로 쓰인다. 정치, 경제 등 위험이 감지되는 분야에서 사람들에게 위험성을 알릴 때 사용하는데, 특히, 기후 위기를 표현하는 말로 자주 인용된다.

기후 위기란 말이 실감 나는 요즘이다. 지구 곳곳에서 이상기후가 나타나고 있다. 폭염, 혹한, 극한 호우, 홍수, 가뭄, 산사태, 산불 등 요즘 지구는 아프다고 온몸으로 말하고 있는 듯하다. "지구 온난화(global warming) 시대는 끝났다. 지구 열대화(global boiling) 시대가 시작됐다."라고 2023년 7월 27일 안토니우 구테흐스 UN 사무총장은 발표했다. 개구리가 들어가 있는 찬물이 이제 끓기 시작한 것이다.

한국도 예외가 아니다. 점점 뜨거워지고 있다. 일 최고기온이 33℃ 이상이었던 날의 일수를 나타내는 폭염일수는 매년 늘고 있고, 평균 최고기온도 상승 추세이다. 그 결과, 지금껏 경험하지 못한 이상기후도 늘고 있다. 비가 오는 양상도 바뀌어 기존의 물관리 체계로는 감당할 수 없고,

우리에게 익숙한 과일의 재배 가능지역은 점점 더 이동해서 가까운 미래에 사라질 위기에 처했고, 이상 수온에 따른 생태계의 변화로 어업 전반이 영향받고 있다.

우리 모두 지구가 아파서 그렇다며 현재 상황을 걱정한다. 하지만, 그것도 기후 관련 기사를 접하는 잠시 그때뿐인 것 같다. 여전히 많은 에너지를 쓰고, 플라스틱을 쓰고, 쓰레기를 배출한다. 먼 미래의 일이라고 여기거나, 누군가 해결하겠지 생각하고 굉장히 낙관적으로 기후 위기를 바라보는 듯하다. 어쩌면 불안한 마음을 외면하고 회피하고 싶은 마음인 걸까.

지구를 위하는 일은 더 이상 북극곰이나 다음 세대를 위한 일이 아니다. 현시대를 살아가는 인간이 직면한 문제이다. 당장 나의 문제인 것이다. 지금 실천하지 않고 관성적으로 지내다 보면 기후 위기의 속도는 지금보다 더 빨라질 것이다. 부글부글 끓는 지구에서 삶은 개구리 신세가 되지 않기 위해서는 지금 당장 행동해야 한다.

다행인 점은 기후 위기를 걱정하고 생활 속에서 실천하는 사람 역시 많다는 것이다. 심각성을 느끼고 기후 위기를 알리려는 사람들이 많아지고, 환경 도서나 기사, 다큐멘터리 등을 본 후 지구에 미안한 마음이 생겨서 작은 실천부터 용기 내서 해보는 사람도 늘고 있다. 인간으로 시작된 문제이지만, 여전히 인간이 희망이다.

지구를 생각하지 않는 사람들은 사회의 시스템이 바뀌어야지 나 하나 전기 아끼고 텀블러를 쓰고 해봤자 별 도움이 안 된다고 말한다. 맞는 말이다. 지금의 환경문제에 티끌만큼도 영향을 주지 못할 수도 있다. 지구를 생각하는 더 큰 시스템이 필요하다. 하지만, 그 시스템도 지구의 심각성을 인지하고 지구가 걱정되는 마음들이 모여서 만드는 것일 테다. 아주 서서히 온도가 올라가기 때문에 위험한 줄도 모르고 앉아 있을 수는 없다. 아니, 온도가 서서히 올라가는 것도 아니니 더 걱정이다. 나부터 하고, 함께 하고,

할 수 있는 만큼 조금 더 한다면 지구 열대화 속도를 조금 늦출 수 있지 않을까.

여기, 심각한 지구 상황을 먼저 감지하고, 내가 할 수 있는 만큼 불편을 받아들이며, 지구 사랑을 실천하는 사람들이 있다. 지구에게 미안한 마음이 커서 뭐라도 실천하려고 행동하고, 다른 사람들에게 절박한 상황을 알리기 위해 목소리 내는 사람들. 그들에게 지구는 어떤 의미일까.

지구를 위해 무언가는 하고 싶은데 뭘 해야 할지 모르거나, 아직 실천할 용기 내지 못하고 있다면 이들에게 지구사랑 실천법을 배워보자. 이미 실천하고 있는 것이 몇 개 있다면, 내가 실천할 수 있는 것을 하나 더 늘려보자. 그리고, 지구를 걱정하는 마음을 조금씩 알리고 공유해 보자. 호모 사피엔스의 장점인 협동과 연대로 끓는 물에서 벗어날 방법을 찾아보자.

함께 해요_플로깅 모임 와이퍼스 대표 황승용

황승용 씨는 평범한 직장인이다. 조금 남다른 능력이 있다면 글솜씨가 있다는 것. 그래서, 종종 공모전에 응모한다. 그에게는 똑같은 일상에 활기를 주는 취미 같은 것이었다. 2019년 5월이었다. 그날도 공모전 때문에 이것저것 알아보고 있었다. 이번에는 자원 및 환경 에너지 관련 자유 주제로 실천 수기를 모집하는 공모전이었는데, 대상은 무려 상금 100만 원과 환경 · 에너지 관련 학회 및 국제기구 초청 방문권이었다.

환경이라는 광범위한 주제 속에서 뭘 하면 좋을까 알아보던 중, 코에 플라스틱 빨대가 낀 거북이 영상을 보았다. 충격과 미안함. 필연인지 〈플라스틱 지구〉라는 다큐멘터리도 보았고, 지금껏 크게 관심을 두지 않았던 환경오염의 심각성을 뼈저리게 느꼈다. 특히, 다큐멘터리 후반부에 나온 여덟 살 꼬마 아이 라이언 히크먼은 그의 스승이 되었다. 세 살 때부터 아버지와 함께 바닷가에서 쓰레기를 주워서 재활용이 가능한 건 재활용센터에 판매해왔다고 한다. 회사 대표까지 된 아이는 자기가 하는 일이 식은 죽 먹기라며 여덟 살짜리가 할 수 있다면 모두가 할 수 있다고 말했다.

"그 메시지를 말하는데 부끄럽더라고요. 다음날 바로 봉투 하나랑 장갑 끼고 나간 것 같아요. 하나를 시작한 게 지금까지 활동에 이르게 된 것 같습니다."

나는 지구를 위하는 사람들의 지구사랑 계기가 궁금하다. 무엇이 그의 생각을 바꾸고 생활까지 바꿨을까. 나도 내가 언제부터 지구와 기후 위기에 대해 민감하고 적극적으로 반응했는지 모르겠다. 막연히 그 내용에 대해 알고 있고, 상식적인 선에서 실천하지 않았나 싶다. 그러다가, 우연히 TV에서 본 공익광고가 큰 영향을 줬다.

애니메이션으로 제작된 공익광고에서 주인공이 집 실내가 춥다고 느끼고 난방 온도를 높였다. 그때 다른 집들도 마찬가지로 난방 온도를 높였다. 그러자, 순식간에 지구는 빨갛게 뜨거워져서 터지기 직전까지 갔다. 다시 원점으로, 주인공이 실내가 춥다고 느끼고 카디건을 하나 더 걸쳤다. 다른 집들도 마찬가지로 웃옷을 하나씩 더 걸쳤다. 그러자 모두 따뜻해졌는데도 지구는 별다른 변화 없이 편안하기만 했다. 그때, 아! 추우면 난방 온도를 높일 것이 아니라 옷을 더 입으면 되는구나, 깨닫고 난방 시간을 줄여나갔다. 그즈음 한 방송에서 본 수면 전문가가 잘 때는 실내온도 17도 정도만 돼도 된다며, 잘 때는 난방을 하지 않아도 된다고 한 것으로 기억한다.

그날부터 나는 잠잘 때 보일러를 끄고 자기 시작했다. 낮에도 웃옷과 양말로 지낼 만했다. 점차 아예 난방하지 않아도 괜찮았다. 그렇게 겨울에 난방하지 않고 산 지 20년이 넘었다. 지구를 위하고 에너지를 아끼는 게 목적이라 여행 가서도 난방을 끄기 바쁘다. 나에게 그 공익광고처럼 그에게 거북이 사진과 아이의 활동이 큰 깨달음과 변화를 가져온 것이다.

플로깅(plogging)은 조깅하면서 길에 있는 쓰레기를 줍는 걸 의미하는 신조어이다. 2016년 스웨덴에서 시작됐다고 하는데, '이삭줍기'를 뜻하는 스웨덴어 '플로카 업(Plocka Upp)'과 영어 단어 조깅(jogging)의 합성어인데, SNS 인증 문화와 함께 젊은 세대 사이에서 빠르게 퍼져갔다.

"제일 쉽고 돈이 안 들어요. 쓰레기봉투 하나만 있고 장갑이랑 집게 하나만 들고 나가면 정말 누구나 쉽게 동참할 수 있으니까 최근에는 러닝 프로그램 같은 데서 플로깅 접목해서 많이 하기도 하고 그런 여러 가지 이유가 겹쳐서 인기가 있는 것 같습니다."

등산이나 마라톤에 플로깅을 접목해서 참여하고 SNS에 인증했더니, 그것을 보고 댓글을 남기는 사람이 많았다. 쑥스러워서 하지 못했는데 기회가 되면 같이 하고 싶다고 했다. 곧 이들을 모을 수 있는 카카오톡 오픈 채팅방과 인스타그램을 열었고, '지구를 닦는 사람들: 와이퍼스'라는 이름을 붙였다. 닦는 사람을 뜻하는 wiper와 지구 earth를 붙여서 만든 이름이다. 지구를 닦는 사람들의 장이라는 뜻으로 그를 '닦장', 회원들을 '닦원'이라 불렀다.

"너무 선한 분들이 많은 거예요. 이분들이 주는 에너지와 이분들과 관계를 맺고 인연을 만들어 가는 게 엄청 큰 에너지가 되더라고요."

플로깅을 원하는 누구나 날짜와 장소를 정해 올려서 사람들을 모았다. 산, 바닷가, 동네 어디든 모여서 함께 쓰레기를 주웠다. 담배꽁초를 모아 제조사에 보내며 플라스틱 필터를 생분해 필터로 바꿔 달라는 의견을 내기도 하고, 반응이 없자 전국에서 보낸 176명의 손편지를 환경부 장관에게 전달하기도 했다. 그렇게 와이퍼스의 활동은 조금씩 적극적인 목소리를 내기 시작했다.

쓰레기를 아무리 주워봤자 지구는 깨끗해지지는 않을 것이다. 담배꽁초는 금세 쌓이고 해양쓰레기는 다시 밀려온다. 어차피 물리적 효과가 없는 쓰레기 줍기라는 걸 그도 안다. 하지만, 그래도 충분히 가치 있는 활동이라고 생각한다. 어마어마한 양의 쓰레기가 있다는 사실을 각인시키고, 줍는 것보다 중요한 건 애초에 쓰레기를 만들지 않는 것이라는 사실을 깨닫게 해 주며, 쓰레기를 만들고 탄소를 배출하는 기업을 멀리해야 한다는 것을 이해시키고 이를 용인하는 정부에도 목소리를 내야 한다는 것을 알려주는 활동이라고 생각한다.

"환경 활동하는 거 진짜 쉬우니까 일단 쓰레기봉투 하나 들고 집게 하나 들고 일단 길거리 산책하시거나 아니면 등산하실 때, 바다 놀러 가셨을 때 하나를 줍기 시작하셨을 때 주변에 쓰레기들이 막 보이거든요. 그러면 '이 쓰레기들이 어디서 왔지?'에 대한 고민도 할 수 있게 되고 하니까 한번 해보시길 추천을 드리고, 혼자 하기 너무 부끄럽다 그러면 와이퍼스로 오셔서 와이퍼스 멤버 분들이 진행할 때 한번 참여를 해보셔도 되고, 어플리케이션 보고 참여해주셔도 되고, 관심 한 번만 갖고 검색 한 번만 하시면 환경 활동하실 수 있는 루트는 엄청 많습니다. 그 한 번의 용기만 내주시기를 간곡히 부탁드립니다."

그동안 나는 지구를 위해 내가 할 수 있는 걸 조용히 혼자 실천만 했다. 잔소리가 될까봐 가족에게도 말을 아꼈다. 그러다가 지구를 위한 마음을 조금 내비치니까 주변에서 내 생각에 동조해주고, 할 수 있는 환경 활동에 동참해 주었다. 그동안 외면하고 있었던 게 아니라, 어떻게 해야 할지 몰라 못 했을 뿐이었다. 함께 지구와 환경 이야기를 하고 할 수 있는 활동과 용기를 내보는 일을 이야기하면서, 함께한다는 것의 시너지효과를 경험했다. 그 후 쑥스럽지만 나는 사람들에게 지구를 위하는 마음을 조금씩 드러낸다. 그것 또한 지구를 위한 일이라고 생각하기 때문이다. 그런 점에서 적극적으로 환경 활동을 하며 선한 영향력을 끼치는 그의 활동이

대단하고 고맙다.

"저도 지금 회사 다니고, 지금까지 살아오면서 지구를 더럽히면서 살았잖아요. 앞으로 닦는 활동을 해 나가려고 해요. 그래서 더 건강하게 제 건강을 유지해야 할 것 같고 어쨌든 이렇게 느리고 지치지 않게 즐겁게 하면 주변 사람들하고 계속 웃으면서 이런 활동을 지속해 나갈 수 있을 것 같아요."

그는 함께해서 지금까지 올 수 있었다고 생각한다. 지구를 닦기 시작하면서 그의 인생도 크게 달라졌고, 지금이 너무 만족스럽다. 큰돈을 준다고 하더라도 거북이를 보기 전으로 돌아가고 싶지 않다. 그가 바라는 게 있다면, 세상 모든 사람이 지구 닦는 사람들이 되고, 더 이상 주울 쓰레기가 없어서 굳이 쓰레기를 주우려고 만나는 게 아니라 그냥 서로 안부 묻고 동네에서 산책하고, 함께 등산하고 바닷가도 가는 그런 세상에서 사는 것. 그날을 위해 그는 오늘도 닦원들과 함께 쓰레기를 줍는다.

샘플 원고2

요구해야 변한다_타일러 라쉬

나는 타일러 라쉬하면 TV 프로그램 〈비정상회담〉, 〈문제적 남자〉부터 떠올린다. 똘망똘망한 눈으로 진지하게 자신의 논리를 펼치는 모습이 인상적이었다. 미처 생각해보지 못했던 부분을 건드려줄 때는 놀라웠다. 생각의 폭이 넓은 그에게 감탄했다.

그 후 영어교재를 출판했다거나 외국인 연예기획사를 차렸다는 소식을 간간이 들었을 때 여전히 한국에 있고 잘 지내는 것 같아 반가웠다. 하지만, 그가 팬데믹 시기에 환경 도서를 냈다는 건 알지 못했다. 환경에 관심 있는 줄도 몰랐기 때문에 의외라는 생각이 들었다.

그 역시 지구를 사랑하고 자연에게 덜 미안한 방법을 고심하는 사람이었다. 베란다 화분에 대파, 옥수수, 호박, 콩 등을 심어 작은 텃밭을 가꾸고, 요거트와 치즈는 직접 만들어 먹으며, 스케치북으로 이면지를 사용하고, WWF(세계자연기금) 홍보대사를 맡는 등 오랫동안 지구를 위해 할 수 있는 일을 해오고 있었다.

"이 책은 썼던 당시에 막 한국에서 환경에 대한 관심이 생기려고 하는 시기였어요. 그런데 서점에 가서 보면 환경 책 대부분이 해외 책을 가지고 번역본을 만들어서 국내 큰 출판사들이 내고 있었죠. 그런데 그 책을 보면 하드커버도 많고, 엄청 크고, 그리고 반짝이는 코팅이 많이 돼 있고, 플라스틱 사용이 많고, 잉크 사용량도 많고, 한번 열어보면 1부, 2부, 3부

사이에 다 새까맣게, 잉크를 엄청 많이 써서 인쇄한 거 있죠. 그것도 인증된 종이가 아닌 거예요. 정말 하나도 뭔가 책에서 주장하는 것이 실천과 이어지는 것이 하나도 없는 거예요. 그게 좀 화가 났거든요. 그래서 책 내용도 신경을 써야 하겠지만 그걸 만드는 방법도 엄청 신경을 써야 하겠구나 싶은 생각이 좀 많이 들었던 것 같아요."

그는 앞으로 책을 쓴다면 FSC 인증을 받은 종이를 쓰고, 콩기름으로 인쇄해야겠다고 생각했다. 그것은 지구사랑을 실천하는 그에게 당연한 결심일 것이다. 나는 FSC 인증과 콩기름 인쇄 인증을 받은 음반을 몇 번 산 적이 있다. 요즘 CD는 포토북과 포토카드가 큰 부분을 차지하는데 이런 친환경 음반이라니! 이 변화가 멋져 보였다. 그러고 보니 간혹 택배 상자나 종이팩에 FSC 인증이 붙은 걸 보기도 했다. 그때는 이런 인증이 있구나 정도만 생각했지 그 의미를 정확하게 알지 못했다.

FSC는 Forest Stewardship Council, 국제기구 국제산림관리협회의 약자이다. 목재, 원목, 가구, 종이, 레진, 고무 등 산림에서 소재를 얻는 제품이 멸종위기종의 서식지를 없애면서 가져오거나, 벌목 과잉이나 노동 착취 등으로 얻은 게 아니라, 지속 가능한 방식으로 가져와서 만들었다는

걸 관련 기준을 마련하고 인증한다. FSC 인증을 받으려면 생산하고 유통하는 모든 과정마다 까다롭게 확인을 받고, 상표도 일정한 절차를 밟아 사용할 수 있다. 인증마크에 새겨진 진열번호는 FSC 웹사이트에서 검색하면 그 제품의 인증 여부를 알 수 있다.

"소비자 대부분은 본인이 사는 게 당연히 좋은 방식으로 만들어졌을 것이라 생각하고 접근해요. 생산하는 업체도 그게 당연히 좋은 방식으로 만들어졌겠다 생각할 수도 있어요. 근데 벌목하는 데가 있을 거고, 가공하는 데가 있을 거고, 수출하는 데가 있을 텐데, 기업들이 많잖아요. 그러면 잘못하는 데가 분명히 하나 있을 수 있어요. 심지어 노예를 쓰면서 그걸 벌목하고 있는 경우도 있어요. 파괴하면 안 되는 지역에서 벌목하면 그러면 다른 것도 쉬쉬하면서 이렇게 좀 잘못된 방법으로 사업하는 경우가 있긴 있어요. 근데 인쇄소라든지 종이를 사고 파는 국내 업체들이 이런 거 다 알고 있는 건 아닐 수도 있어요. 샀을 때 좋다고 생각했는데 알고 보니 아니었던. 그래서 인증이 중요한 거거든요. 이젠 그런 걸 제대로 하지 않았을 때 환경이나 사람들한테 굉장히 안 좋은 영향을 끼칠 수도 있기 때문에 이런 걸 확인된 상태에서 구매하는 게 중요하고 그래서 인증이 중요한 부분이에요."

친환경적인 방법으로 책을 만드는 건 생각보다 쉽지 않았다. 한국에서는 FSC 인증 종이로 인쇄하는 인쇄소가 없다는 것이다. 오가던 출판 이야기가 무산된 경우도 많았다. WWF를 통해 알아봤더니 한국에도 FSC 인쇄소가 많았다. 심지어 한 인쇄소에서 해외로 나가는 책만 FSC 인증마크 기준에 맞게 인쇄해서 인증마크를 넣어 만든다고 한다. 하지만, 국내용은 하지 않는 분위기였다. 소비자인 독자가 FSC 인증마크를 신경 쓰지 않으니

단가도 맞지 않는데 굳이 그럴 필요가 없다는 것이다.

통상적으로 책의 겉모습은 작가의 손을 떠난 출판사의 영역이다. 출판사는 독자를 유혹하기 위해 책의 표지, 뒤표지, 책날개, 띠지 등을 책 내용 이상으로 많이 신경 쓴다. 서점에 놓인 수많은 책 사이에서 눈에 띄려면 강렬하게 잉크를 많이 쓰고, 반짝거리게 코팅하고, 책을 간략하게 소개하는 띠지까지 갖추는 것은 필수이다. 책이 많이 팔리려면 포장을 잘해야 한다고 생각하는 것이다.

"관점의 차이에서 서로 의사를 맞춰가야 하는 부분들이 많았었던 것 같아요. 보통 한국 같은 경우에는 책 앞에다가 출판사 로고를 박아놓고 하는데, 옆에 하고 앞에는 하지 말아야 한다고 제가 강력하게 얘기를 했던 거거든요. 왜냐면 좀 비어있어 보여야 한다고 생각을 했어요. 일단 잉크를 많이 줄이는 게 목표였고, 두 번째는 지구가 얼마나 귀한지를 보여주는 표면이 되어야 한다고 생각을 했거든요. 그래서 이 하나의 파란 선만 있는 거예요. 이건 우주에서 지구를 바라보고 사진을 찍었을 때 햇살이 반사되면서 거기 대기가 파랗게 선처럼 보이는 거예요. 굉장히 얇잖아요. 이 대기 하나만으로 우리가 살아있는 건데 그 대기 자체를 우리가 화석연료를 사용하고 이산화탄소를 배출하고 망가뜨리면서 미래를 안 좋게 만들고 있는 게 포인트라서 그거를 살리고 싶었던 거거든요."

출판사와 끊임없는 조율 끝에 지금의 표지가 되었다. 책의 정체성을 고스란히 담고 있는 표지이다. 여백이 많은 하얀색 종이는 온라인서점에서 잘 안 보인다며 출판사는 반대했지만, 전달하고 싶은 책의 뜻을 표지에서 잘 나타내고 싶었기에 기존 출판계 동향을 깨고 변화시키고 싶었다.

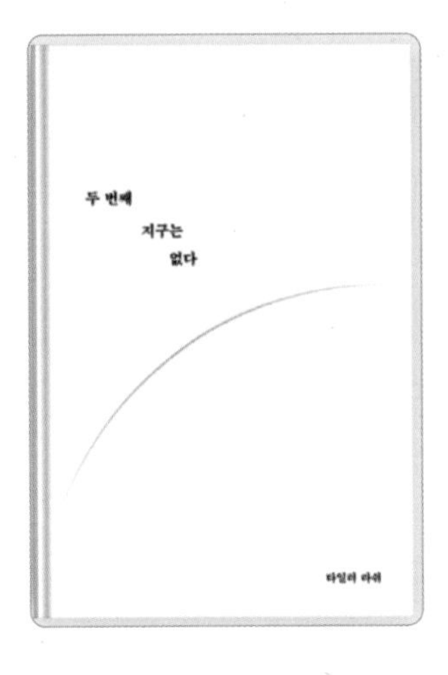

〈두 번째 지구는 없다〉 (타일러 라쉬 지음)
알에이치코리아 2020
표지의 둥근 파란 선은 우주에서 지구를 바라보았을 때 햇살이 반사되면서 대기가 파랗게 보이는 걸 나타낸다.
지구와 대기를 표현하는 저자의 작품이다.

“뭔가 실제로 변하는 모습을 요구하면서 책을 통해서 보여주고 싶고 모범을 만들어 보고 싶었던 것 같아요. 그게 가장 강조하고 싶었던 부분이었어요. 다른 사람들한테도 요구하고 바꿔달라 시도해보면 가능하다는 사실을 증명하는 게 저한테는 가장 중요한 부분이었어요.”

그렇게 지구에게 덜 미안한 방식으로 인쇄한 책이 나오고 나서 한국 출판계는 조금씩 변화했다. 그의 요구를 받아들여서 그가 내는 다른 책도 FSC 인증 종이와 콩기름으로 인쇄했고, 다른 출판사에서도 그가 원하는 기준을 맞춰주었다. FSC에 대한 인식이 생기면서 현재 많은 기업이 FSC 인증마크를 쓰고 있다. 대행사만 있었던 한국에도 FSC 한국지사가 생겼고, FSC 한국 회원들이 생겼다.

“너무 고맙게도 이걸로 이어지는 것들이 많았던 것 같아요. 제가 어디에 책을 홍보해주거나 추천사를 써주거나 이런 조건으로도 똑같은 조건을 내세우고 있는데, 그러다 보니까 다른 작가들이 추천사를 원하거나 아니면 출판사에서 원하거나 하면 '저는 이런 조건으로 하는데 가능하시겠나요?' 하면 확인해보시고, 불가능한 경우도 있었지만, 안 하려고 했다가 하게 되는 경우도 있는 거예요. 그래서 실제로 변화가 이어지고, 또, 굉장히 많은 기업들이 이제는 FSC인증을 쓰고 있고 또 이걸 보고 자기만의 방법으로 다른 실천을 하시는 분들이 좀 많이 생겼던 것 같아요."

출판사는 책 출간과 함께 SNS에서 'FSC를 찾아라' 캠페인을 벌였다. 조금만 관심을 기울이면 볼 수 있는 인증마크인 것이다. 소비자가 FSC 인증마크에 대해서 알고 있고, 찾아보는 것만으로 기업과 사회는 좀 더 친환경적인 제품을 생산할 수 있다. 이 나무가 어디에서 오는지, 어떤 과정으로 벌목되었는지 아무도 신경 쓰지 않으면 국가나 관련 기관이 관리하지 않을 것이고, 관리하지 않으니 벌목하는 업체에서 친환경적인 방법을 신경 쓸 리 만무하다. 그 결과 환경이나 사람들한테 굉장히 안 좋은 영향을 끼칠 수도 있으니까 우리의 지속적인 관심이 필요하다. FSC 인증마크를 찾아보고 더 친환경적인 제품에 관심 가지고 친환경적인 소비를 하는 것. 그 작은 노력이 모이면 지구 파괴 속도는 조금 느려질 것이다.

"우리가 제대로 된 본격적인 대응을 한 적이 없어요. 50년 넘게. 그래 놓고 이제 와서 '다음 세대, 내 아이를 위해서 뭐를 할까'라는 소리를 하고 있는 거는 계속해서 문제를 미루고 있다는 얘기예요. 기후 위기를 당장 해결하려고 엄청난 노력을 해야 해요. (...) 대대적인 해결책 없이는 2050년 전까지 분명히 2도를 찍을 수 있어요. 2도를 찍는 세상은 어떤 세상이냐면 해수면이 올라오고 팽창이 되니까 국제공항이라든지 군사시설이라든지 무역항이라든지 이런 것들이 침수돼요. 침수까지 되지 않아도 태풍이 치고

왔을 때 해일 현상 때문에 사용을 못 하게 되는 경우가 굉장히 많아진단 말이에요. 그러면 무역을 못한다 말이에요. 그런데 그거는 우리가 살아있는 동안에 지금 행동하지 않으면 우리가 겪을 거라고요. 제 아이 뭐 솔직히 꿈도 꾸지 못하고 경제도 나빠지고 물품이 안 들어오고 그런 세상에서는 내가 살지 못한다고요. 내 아이는 꿈도 꾸지 못해요."

전문가는 아니지만 절박한 지구 상황에 목소리를 내고 싶었다. 기후 위기에 관한 책을 낸 것도 그에게는 지구를 위한 일 중 하나였다.

"제가 봤을 때 세 가지 우선순위에 늘 있어야 하는 실천들이, 첫째, 투표할 때 기후 위기 생각하기. 둘째, 소비할 때 가능한 친환경 소비를 하기. 만약 그런 선택안이 없다면 소비자의 피드백을 드리는 것 셋째, 말을 하고 다니는 것. 이 세 가지가 가장 임팩트를 가질 수 있는, 혼자서 하면서도 규모있는 임팩트를 끼칠 수 있는 활동들이에요. 투표할 때 기후 위기에 대해서 고민해보고 투표를 하고 소비를 할 때 인증이 있는지 없는지 확인해보고 인증 있는 걸 사고 이러면서 소비패턴을 통해서 '이런 걸 원한다'라고 기업에게 알려주고 말을 하고 다녀야 해요. 우리가 긁어 부스럼 만들기 싫어서 '이게 문제다' '이건 바꿔야 한다'고 주장을 안 하는 경우가 있어요. 특히, 환경 주제에 관련된 얘기일 때 그래요. 근데 그건 좀 바꿔야 해요. 말을 할 때마다 상대방이 같이 할 수 있는 기회가 되는데 말을 안 하면 같이 할 수 없어요."

책이 나오기 직전, 환경 도서라는 점 때문에 책이 안 팔리는 건 아닌지 출판사는 걱정했다고 한다. 지구와 환경을 위한다는 소신으로 글을 쓰고 책의 만듦새도 고민했던 그였기에 의기소침해졌다. 정말 사람들은 환경에 관심 없는 걸까. 하지만, 그의 책은 곧 베스트셀러가 됐고 현재 판매 부수 20만 부를 넘겼다. 사람들은 환경에 관심 없는 게 아니라, 환경에 관심 있을 기회가 없었을 뿐이었다. 알려주고 말해주면 함께할 수 있다는 걸 다시 느낀다.

지구사랑을 실천하고 있지만, 나도 어떤 것이 지구를 위하는지 알지 못하는 게 많다. '좋아요'를 누를수록 지구가 더 아파진다고 들었을 때 놀랐고, 아보카도에 이어 커피도 지구를 위해서는 소비를 줄여야 한다는 걸 읽었을 때 믿고 싶지 않았다. 그래도, 알고 나니 예전보다 조금씩 자제하고 있다. 나처럼 몰라서 실천하지 못하는 사람이 많다고 생각한다. 그러니, 환경 전문가는 더 알려주고, 지구사랑을 실천하는 사람은 말해주고, 사람들은 기후 위기에 관심을 가지는 것. 이것이 지금 우리에게 가장 필요한 자세가 아닐까.

참고영상·인터뷰출처

- 〔서울도서관TV〕〔휴먼-빙 라이브러리〕#5 지구를 닦는 사람들, 와이퍼스 황승용 대표【도리를 찾아서】
  https://youtu.be/lSTBpgKfAv4?si=kRhKxFixMtUkpYGx
- 〔에코팀 ECHO team〕 평범한 회사원의 퇴근 후 일상
  https://youtu.be/4O1gpgxJtN4?si=rc2_1sYJOZJ80vpF
- 〔에코팀 ECHO team〕 오늘 당장 플로깅으로 지구를 닦아야 하는 이유
  https://youtu.be/y_CSONBO8B0?si=3wIFMvZcT5J9wPKr
- 〔타일러볼까요?〕 타일러와 출판사의 신경전? 베스트셀러 환경 도서가 못 생길 뻔한 이유! 두 번째 지구는 없다 비하인드
  https://youtu.be/IpSTDInY8N8?si=MU2mfQwBWs6wAsZk
- 〔타일러볼까요?〕 아이를 위해서 지구를 살려야 한다고? 착각하지 말자! 타일러의 기후위기 대응론
  https://youtu.be/G9ySe7NfN30?si=eK5gzsDF5NPLVgvU
- 〔타일러볼까요?〕 친환경 실천을 혼자해서 지구를 구한다고? 택도 없지! 지구 열대화를 막으려면 3가지 행동이 필요해요
  https://youtu.be/1rvCKjqFWEE?si=V-1OAMG1PPeFz_38

참고문헌

- 〈지구 닦는 황 대리〉 황승용 지음, 더 숲, 2022
- 〈두 번째 지구는 없다〉 타일러 라쉬 지음, 알에이치코리아, 2020

나는 글쓰기로 설렌다 출간 기획서

이 은 조

독서지도사 엄마와 아이 함께 성장하기

경력단절녀에서 독서지도사가 되기까지

도서 제목 및 부제 (가칭)

- 독서지도사 엄마와 아이 함께 성장하기
- 경력단절녀에서 독서지도사가 되기까지
- 늦은 나이라고 생각할 때 독서지도사를 꿈꿔라
- 우리 아이 잘 키우며 독서지도사로서 보람 찾기
- 독서지도에서 답을 구하라

저자 소개

이은조

현재 한우리 독서지도사로 일하고 있다. 일상을 사진과 글로 남기는 것을 즐겨한다. 매일 도서관에 간다. 소소한 것에서 행복함을 느끼는 사람이다. 꿈을 향해 도전하고 성장한다. 음악을 좋아하고, 사람과의 인연을 소중하게 생각한다. 하루에 한 번은 아이들을 웃게 해 주려고 노력하는 엄마이다. 자녀들을 책 육아로 키우고 있으며 자녀뿐 아니라 독서지도사로서 아이들에게 선한 영향력을 끼치려고 노력한다.

주요 독자

- 독서로 엄마와 자녀 모두 성장하고 싶은 여성
- 아이를 양육하며 독서지도에 관심이 많은 경력단절 여성
- 독서에 관심이 많고, 아이들을 좋아하고 가르치는 일에 하고 싶어 하는 여성

기획의 특징 및 차별성

본 책과 비교할만한 책들

도서 제목	저자	출판사/출간년도	내용(컨셉)
엄마 말고 나로 살기	조우관	청아출판사 2018년	자신의 정체성을 되찾고 싶은 엄마들을 위한 재출발 안내서
엄마의 두 번째 명함	김수영	미다스북스 2022년	엄마 다음의 삶, 넥스트 커리어에 대한 지도서
그녀는 어떻게 다시 일하게 되었을까	김규정	조선앤북 2016년	경력단절 100명의 인터뷰

• [참신성] 독서지도사 분야에서 경험에서 우러나온 예시를 든 거의 유일한 책

✔ 아동과 청소년, 성인 독서지도에 관한 책은 다수 있지만, 경력단절 여성의 경험을 바탕으로 쓴 책은 거의 찾아보기 힘듦.

[균형 잡힌 시선] 엄마와 아이의 성장과 균형

✔ 독서지도사로서나 엄마로서의 사례, 방향성을 제시할 때 다각도에서 바라보는 시선을 제공함.

[실용적 효과] 다양한 인물과 분야의 사례와 구체적인 방법론 제공

✔ 독서지도사로서의 구체적인 방법론 제공. 다양한 독자 성향과 상황에 맞춰 자신에게 어울리는 방법을 선택할 수 있도록 다채로운 방법론을 제시.

✔ 독서지도사가 되는 방법론과 그에 관한 사례를 함께 제시하여 독자가 방법론을 확실하게 이해하고 간접 체험할 수 있도록 도와주며 시행착오를 겪지 않게 도와줌.

Contents

서문

1장 경력단절의 시간

1 엄마로서의 고군분투

2 우울했던 시간이여, 안녕

3 엄마로서의 시행착오

4 독서지도사가 되기 전에는

• 독서지도사 준비 과정

2장 꿈을 키우기 위해 노력하다

1 꿈을 향한 도전

2 매일 도서관에 가는 엄마

3 함께 성장하는 엄마들

4 아이는 다 함께 잘 키워야지

• 아이들 지도할 때 상황에 따른 지도 방법

3장 독서지도사의 길

1 독서지도사 되길 잘했어

2 독서지도사 아이들의 변화를 지켜보다

3 독서지도를 잘하기 위해서 어떻게 해야 할까?

4 나는 어떤 독서지도사가 되고 싶은가?

• 수업 지도할 때 방향 제시

4장 엄마도 아이도 성장하는 길

1 독서지도사가 된 후 아이를 보는 시선

2 매일 1%씩 성장하는 엄마

3 엄마의 모습을 보고 아이도 성장하다

4 또 다른 꿈을 꾸다

• 독서지도사가 나아가야 할 방향

* 저자 후기
* 주(註)
* 참고 문헌

서문 및 샘플 원고

Introduction

독서지도사 엄마와 아이 함께 성장하기

내가 글을 쓰고 싶었을 때는 언제였을까?

무언가 특별한 일을 겪었을 때 그것을 기록으로 남기고 싶어서였다. 아이를 출산하고는 아이가 빨리 자라는 것을 아까워하며 그때그때의 감정, 느낌을 기록으로 남기고 싶었다.

아이를 키우다 보니 어려운 점들이 하나둘씩 나타나기 시작했다. '이럴 때 누군가 먼저 키워본 사람이 알려주면 좋겠다.'라는 생각이 들었다. 특히 아이가 어릴 때 아이는 무척 사랑스러웠지만, 외출도 제한적이고, 사람을 만날 기회가 한정적이다 보니 너무 답답하고 힘들었다.

이런 답답함을 해소하기 위해서 육아서를 찾아가며 읽고, 작가님들의 강연을 직접 쫓아다니며 들었다. 육아에 도움이 되는 유튜브 시청도 수 없이 했다. '아이 한 명을 키우기 위해 온 마을이 필요하다.'라는 말이 있을 정도로 아이를 제대로 키우는 것은 생각보다 어려운 일이었다.

독박 육아를 하면서 오롯이 엄마인 나 혼자 아이를 돌봐야 하는 시간이 길어지다 보니 어느 순간 '나 자신은 어디 있지?' 하는 생각이 문득 들었다. 내 이름은 사라지고 항상 아이 엄마로 많은 시간을 보내왔다. 나 자신을 찾기 위해 부단히도 애써왔던 시간이었다. 아이를 잘 키우기 위해 항상 노력했지만, 그 사실을 인정 못 받는 느낌이 들기도 했다. '내가 아이를 잘 키우고 있는 걸까?' 하는 생각이 들 때도 있었다. 내가 가지고 있는 기준이 있어야 혼돈, 변화 속에서라도 아이를 잘 키워낼 수 있을 것만 같았다. 특히 첫째만 키울 때는 나도 엄마가 처음인지라 더 혼란스러웠던 시기였다.

아이를 잘 키우고 싶으면서도 아이에게만 목매달고 싶지는 않았다. 삶의 균형을 생각하며 나 자신이 현재를 즐기면 아이가 성장하는 만큼 엄마인 나 또한 성장하고 싶었다. 아이를 키우며 나도 그만큼 성장했다.

대학 시절 '인생을 어떻게 살아야 하나?' 고민이 있을 때 늘 도서관에 가서 책을 읽었다. 여러 분야의 책을 읽으며 '나만 이렇게 힘든 게 아니었구나.' 하는 사실을 깨달았다. 그때 여러 종류의 책을 읽고 위로를 받고, 무언가 마음먹고 실천하면 이루어질 것이라는 믿음도 생겼다. 무엇이든 실천하고 도전하려고 노력하니 내 인생도 조금씩 달라지기 시작했다.

몇 년 전 내게 우울증이 왔다. 우울증이 왔던 해에 둘째를 임신했었는데 유산까지 하게 되었다. 2달 동안 거의 날마다 눈물을 흘리며 지내게 되었다. 그러다 운동을 시작하게 되었고, 도서관에서 진행하는 프로그램을 일주일에 3가지 신청해서 정신없이 수강했다. 다른 생각할 틈이 없이 보냈다. 그럴 때마다 책을 읽었다. 삶을 더욱 희망 있게 보게 되었으며, 어느덧 긍정적인 나 자신이 되어 있었다.

살면서 누구나 힘든 시기를 겪게 된다. 인생을 살다 보면 어떤 문제든 나타나게 마련이다. 그것을 어떻게 헤쳐나가느냐에 따라서 현재뿐만 아니라 미래의 삶도 윤택해질 것이다.

지금까지 읽어온 책, 강연 속에서 내가 깨달은 것들과 실천한 것들을 이 책 속에 담았다.

육아하며 여러 가지 복잡하고 힘든 상황 속에서 이 책을 읽고 조금이나마 삶의 위로가 되고, 도움이 되었으면 좋겠다.

샘플 원고1

엄마로서의 고군분투

아이들을 키우기 전 아가씨 때 언니 집에서 얹혀살며 공무원 준비를 하던 시절, 일하면서 모아 둔 돈도 다 떨어져 가고 공무원 준비를 그만할 때가 되었다는 생각이 들 때쯤이었다. 아이를 좋아하고, 가르치는 것도 좋아하니 학습지 선생님을 해봐야겠다 마음을 먹고 인터넷에서 아르바이트를 뒤져보았다.

그러던 어느 날, 언니네 집에 웅진 전집 관리해주시는 선생님이 언니 집에 방문했었다. 그 선생님께 "그 회사는 어때요?" 여쭤봤더니 이력서, 자기소개서를 가지고 내일 한번 회사로 나오라고 하셨다. 다음날 회사에 가서 바로 면접을 보고 바로 '웅진'에 입사하게 되었다.

2011년 당시 나는 아가씨였고, 나를 제외한 선생님들은 모두 결혼한 분들이었다. 회사에 아가씨가 들어왔다니 다들 신기하게 생각했었다.

언니와 함께 살면서 언니가 '웅진 곰돌이 학습지'를 배송시켜서 읽어주고 있었다. 언니는 조카가 너무 어릴 때라 잠을 못 자던 시기라 피곤해했다. 언니 대신 내가 돌 된 조카에게 종합학습지인 '웅진 곰돌이' 책을 읽어주기 시작했다. 조카는 이모가 책을 읽어주니 까르르 까르르 웃기도 하고 시간이 흐를수록 낱말을 하나씩 따라하기도 했다. 조카가 좋아하고 반응해주니 즐거웠다.

회사 일은 영업을 해야 하는 일이라 어려웠다. 무엇보다 아이를 직접 키워보지 않았으니 엄마들과 공감대가 형성되지 않아 그 부분이 가장 힘들게 느껴졌다. 그 당시 우리 지역 국장님은 아가씨가 돈을 많이 벌어야 하는데 생각보다 많이 벌고 있지를 못하고 있다고 생각하고 아이들 발달검사 아르바이트해 보는 것이 어떻겠냐고 제안하셨다. 선생님들이 고객들을 만나 발달검사 용지에 발달검사를 해오면 컴퓨터로 입력해서 출력하는 작업이었다. 아르바이트하는 것으로 해서 돈을 챙겨주셨다. 국장님의 도움으로 사무실에 있는 국장님, 팀장님 아이들 전집 수업을 내가 거의 도맡아서 하게 되었다.

웅진 전집에 대해서 전혀 아는 것이 없었는데 아침 교육 시간에 들었던 내용을 공부하고, 아이들 지도하면서 차츰 알게 되었다. 아이를 키워보지 않았고 아이들 전집에 대해서 잘 알지 못하니 아침 교육 끝나자마자 사무실에서 전집을 한 권씩 읽어나가기 시작했다. 일은 힘들었지만, 국장님께서 항상 가족 같은 분위기를 만들어주셔서 함께 일하는 팀장님, 선생님들과 돈독한 사이가 되었다. 지금 생각해보면 수입은 적었지만, 아이를 키울 때 도움이 되는 소중한 것들을 얻을 수 있는 시간이었다.

20대 초반부터 지나가는 아기가 있으면 엄청나게 예뻐했고, 나중에 나도 가정을 꾸리면 아이를 잘 키워야겠다고 생각했다. 뉴스에 나오는 사건을 보면 부자들도 자기 자식을 잘 키우는 건 가장 어려운 일인 듯 느껴졌다.

웅진에서는 한 달에 한 번 저자분들을 모시고 에듀맘 강의를 열었다. 육아 중인 엄마들을 초청해서 강연을 들을 수 있도록 했다. 나는 그 당시 아가씨인데도 아이 잘 키우는 데 관심이 매우 많아서 강의를 열심히 듣고, 받아적었다. '나중에 아이를 낳으면 이렇게 키워야지' 하고 마음먹었다. 그때 강의를 듣고 생각했던 것들이 바탕이 되어 실질적으로 육아할 때 상당히 도움이 되었다.

웅진에 입사한 그해 연말에 결혼하게 되었고, 바로 임신하는 바람에 신혼 생활을 즐길 여유도 없이 입덧이 시작되었다. 배려심이 깊었던 남편은 나와 배 속의 아기를 위해 삼계탕을 직접 끓여주기까지 했었다.

입덧이 얼마나 심했는지 밥 짓는 냄새조차도 정말 싫었다. 한 번은 시부모님과 한정식을 먹으러 갔었는데 식사를 하고 식당 화장실에서 바로 토할 정도였다.

웅진에서 다른 선생님들이 선배 엄마로서 아기는 배 속에 있을 때가 가장 중요하다며 태교가 가장 중요하다고 말씀해 주셨다. 보건소에서 운영하는 태교 교실, 문화센터에서 진행하는 임산부 요가를 배우러 다니고, 클래식 음악 듣기 등 태교에 온통 전념했다. 수업하러 다니면서 책을 읽어 주니 책 태교가 자연스럽게 되었다.

잠이 많은 내가 아이를 출산하고는 잠을 제대로 못 자는 것은 물론이고 사람들을 거의 만나지 못하게 되었다. 육아가 너무 힘드니 친구들에 대한 그리움이 절실했다. 그 당시에는 카카오스토리가 유행이었는데, 아이를 재우고 새벽마다 그날그날 아이와 함께 있었던 일들을 카카오스토리에 육아일기 쓰듯 사진과 글로 남기기 시작했다. 첫째가 얼마나 잠을 안 자는지 재우는 게 일이었다. 1~2시간 안고 재워야 겨우 잠을 잤다. 지금도 친정어머니께서 하시는 말씀이 본인은 그렇게 못 키운다고 하셨다.

첫째가 어릴 때 낮잠도 안 자는 데다 새벽 1시, 2시, 3시, 4시까지도 잠을 안 자곤 했다. 주변 사람들에게 TV 광고에서 아기들이 졸고 있는 장면이 나오면 “저런 상황이 가능한 것에요? 우리 애는 저런 적이 단 한 번도 없어요.”라고 이야기하면서 힘들다는 걸 얘기하게 되었다. 남편한테도 둘째 가질 생각은 꿈에도 하지 말라며 성화였다.

낮잠을 안 자는 첫째를 키우며 친정이나 시댁이나 도움받을 곳이 없던 나는 너무나도 힘들고 외로웠다. 친정집이 가까운 친구들이 정말 부러웠다.

돌 조금 지났을 무렵 웅진에서 하는 놀이 수업을 신청했다. 선생님이 집으로 방문했다. 단 20분이었는데 그 시간이 얼마나 달콤했는지 모르겠다. 나만의 홀로 있을 시간, 나에게 집중할 시간이 간절했다. 틈틈이 육아서와

시, 에세이집을 보며 마음을 달랬었다. 첫째가 3살 되었을 때, 어린이집을 보내게 되었고, 나도 조금 쉬고 싶었다. 하지만 회사에서 아이들 가르치는 일을 해보겠냐며 연락이 왔다.

다시 회사로 들어가 아이들 놀이 수업부터 초등학생 전집 연계 수업을 진행하게 되었다. 이때는 영업은 하지 않고 전적으로 아이들 수업만 진행했다. 그 당시 대중교통으로 수업을 다녔는데 이동시간이 많이 걸리고, 동선이 잘 맞지 않아 수업 수는 적었고 엄청나게 고생했다. 아이들을 만나게 되었다. 맞벌이 가정이 많아지니 엄마가 집에 안 계시고 할머니가 돌봐주시는 아이가 있었는데 수업 끝나고 돌아갈 때마다 엘리베이터까지 나와서 "안녕히 가세요." 큰 목소리로 인사하며 하트를 날려주었다. 이런 아이들을 볼 때마다 진심 어린 애정을 가지고 아이를 가르쳐야겠다는 생각이 들었다.

첫째를 어린이집에 보내고 회사에 다니며 수업이 없는 오전 시간에 저자 강연을 찾아서 들으러 다녔다. 친정, 시댁 그 누구의 도움도 받을 수가 없었다. 가까이에 누구의 도움 없이 어린이집이 없었다면 아이 키우기 정말 힘들었을 듯싶다. 아이를 좋아하고 아가씨 때부터 우연히 부모 교육을 듣기 시작했던 나도 막상 내 아이를 키우다 보니 몸뿐만 아니라 정신마저 피폐해졌다. 모유 수유를 하는 것도 분유를 먹이는 것도 잠을 제대로 못 자니 작은 것들에 예민해져 가는 나를 발견했다.

집안에서 아이만 키우니 나 자신이 점점 사라지는 것 같았고, 아이를 어느 정도 키우고 빨리 사회로 나가고 싶었다. 집에서 집안일만 한다고 경력이 쌓이는 것도 아니고, 그 누가 알아주는 것도 아니었다. 아이가 아프지 않고 얼른 커서 빨리 사회에 나가고 싶었다. 어느 정도 출산 휴가를 지내고 나서 복귀할 수 없는 직업이 아니다 보니 이것저것 정말 열심히 배워나갔다. 시간을 잠시도 허투루 쓸 수가 없었다. 배우는 것도 배우는 것이지만 그만큼 아이도 잘 성장시키고 싶었다.

샘플 원고2

우울했던 시간이여, 안녕

신혼 생활했던 안양에서의 직장을 정리하고, 남편 직장을 따라 새로운 도시로 이사했다. 바로 인천이었다. 아는 사람도 없고 주변에 무엇이 있는지 전혀 알지 못해서 너무 답답했다. 직장을 그만두고 집에 있으며 첫째 아이만 돌보니 우울증이 왔다. MBTI가 ENFP이다 보니 사람을 만남으로써 에너지를 얻는 형이라 혼자 있는 시간이 더 우울하게 다가왔는지도 모르겠다.

이사 온 지 9개월쯤 되었을 때 중 · 고등 친구들이 집에 초대하라고 여러 번 얘기했다. 그즈음 친구들 몇 명을 초대하게 되었고, 그때 친구들에게 "나 요즘 우울해."라고 표현했더니 결혼을 하지 않았던 친구가 자기는 요즘 현대 무용을 배우러 다닌다며 관심 있는 것을 배워보라고 권했다.

친구들이 다녀가고 둘째를 임신하게 되었는데 몸 상태도 안 좋았고, 추석 연휴 때 너무 힘들어서 그다음 주에 병원에 갔더니 유산이 되었다. 2달 기간 동안 매일 눈물을 흘리며 지냈다. 아침에 눈을 뜨면 그 즉시 눈물이 주르륵 흘러내렸다. 어느 순간 문득 '내가 왜 이러고 살고 있지?'라는 생각이 들었다. 첫째를 생각해서라도 이제 배 속에 있던 둘째 아가는 잘 떠나보내야겠다는 마음이 생겨났다.

'이렇게 힘든 시기를 어떻게 극복하면 될까?' 나는 운동하기 시작했고 몇 개월이 지나자 몸 상태도 조금씩 나아졌다.

어느 날, 주변 도서관을 검색했다. 때마침 도서관에서 평생교육 프로그램 수강자를 모집하고 있었다. 〈책놀이지도사〉, 〈자기 학습지도사〉, 〈한국사 논술지도사〉 3가지를 신청했다. 내가 정신없이 바빠야 우울해질 시간이 안 생길 것만 같았다. 일주일에 3번 도서관에 가서 하루에 2시간씩 수업을 듣기 시작했다.

어렸을 적 엄마가 다른 것은 잘 모르겠지만 우리 삼 남매 키울 때 책 하나만큼은 많이 사주신 기억이 난다. 그때 당시 방문 판매하시는 분이 몇 번 다녀가셨던 것 같은데 엄마가 전집을 한 질, 한 질 사시더니 결국엔 집안 책장 한 가득 책이 꽂혀 있었다. 내가 그 책을 다 읽지는 못했지만, 책으로 집도 짓기도 하고, 쌓기 놀이도 하고 책으로 재밌게 놀았던 기억이 가득하다. 책을 다 읽지는 않았어도 제목만큼은 익숙해졌다.

엄마의 영향력 덕분인지 아이들 장난감을 사주는 것보다 책을 사주는 데 돈을 아까워하지 않게 되었다. 임신했을 때부터 도서관 만들어준다고 책을 사주었으니 말이다. 책으로 놀았던 기억이 많이 있어서 그런지 지금도 책이 많은 공간에 가면 마음이 편안해지고 좋다.

첫째가 어렸을 때 내가 웅진 선생님을 하다 보니 우리 아이를 엄마인 내가 직접 가르치게 되었다. 아이도 엄마를 가장 편하게 생각하고, 수업할 때마다 "선생님"이라고 부르라고 하면 곧잘 부르곤 했다. 아이와 함께 선생님 놀이도 많이 했던 추억이 떠오른다.

도서관에서 이것저것 열심히 배운 이유는 우리 아이를 내가 직접 가르치기 위해서였다. 〈책놀이지도사〉수업 시간에 배운 게 있으면 그날 바로 아이한테 그대로 해 주곤 했다. 미래 지향형이라 앞서서 배워두면 좋을 것 같다는 것은 하나씩 배워두었다.

〈하브루타 독서코칭〉이라는 강의도 듣게 되었는데 그동안 책을 많이 읽어주는 데만 급급했지 생각할 수 있는 질문에 대해서는 의미를 크게 두지 않았다는 것을 깨달았다. 그 강의에서 들었던 그림 하브루타를 바탕으로 그림 일력을 가지고 아이와 함께 대화를 나누기도 하고 영화를 함께 보고 대화를 나누는 시간을 가졌다. 도서관을 통해 많은 것들을 배우고 강의를 함께 들은 분들과 소통을 하게 되었다.

누구는 이런 자격증이 무슨 의미가 있겠냐고 하겠지만 경력 단절된 상태에서 나는 성취감을 느낄 수 있게 되었고, 무언가 도전하고 해낼 수 있다는 용기를 가질 수 있게 해 주었다.

그렇게 도서관에서 이런저런 강의를 열심히 수강하고 정신없이 보내다 지금의 둘째를 임신하게 되었다. 아이가 어릴 때는 많이 아파서 병원에 수시로 가야하고, 열이 오르는 경우도 많았다. 일하고 싶어도 양가 도움을 받을 수 없는 나로서는 아이가 덜 아파질 때까지 기다려야만 했다.

첫째가 9살, 둘째가 3살 때 코로나가 극심해져서 학교도 못 가고 온라인 등교에 둘째도 등원을 못 하게 되는 날이 많았다. 돌아서면 밥하고, 돌아서면 밥을 하느라 지치는 순간들이었다. 그 와중에 도서관마다 줌(ZOOM)으로 프로그램 개설되는 것을 알게 되었고, 우연히 〈그림책 마음산책〉이라는 강의를 듣게 되었다. 코로나 시기 우울한 상태를 알아주고 강사님께서 그림책 추천도 해 주시고, 강사님께서 그림책을 직접 읽어주셨는데 마음을 편안하게 해 주었다.

그렇게 2년의 세월이 흐른 뒤, 방송통신대학교 가까이 살기도 하고, 아이들 좋아하고 가르치는 것을 좋아하니 '유아교육과'에 편입을 했다. 열심히 하려고 했으나 학기 시작할 즈음 코로나에 걸려 고열에 극심한 두통에 시달렸다. 한 달 반가량 힘이 하나도 없고 체력이 부치기 시작했다. 용기 내어 유아교육과에 입학했지만, 코로나로 온라인 강의를 못 듣고, 수업을 따라가지 못해서 자퇴하게 되었다.

몸이 회복되고 아이 키우며 어떤 일을 할까? 고민하고 고민하다 예전부터 관심이 있었던 한우리 독서지도사를 해봐야겠다는 생각이 들었다.

한우리 독서지도사 과정을 신청하고 가까운 센터 지부장님과 면담을 하고 바로 입사하게 되었다.

지부장님께서는 웅진에서의 경력을 인정해주시고 몇 달 후에 수업을 진행할 수 있게 도와주셨다. 평일 오전에 도서관에 가서 공부하고, 오후에는 수업하고, 회사 온라인 교육도 집중해서 들어야 하니 저녁에도 주말에도 도서관을 가서 열심히 공부했다.

세상에 모든 경험은 소중하지 않은 것이 없다더니 그동안 도서관 다니며 이것저것 배웠던 것들이 독서지도하는 수업 시간에 아이들에게 도움이 될만한 것들이 많았고, 그동안 육아하며 애썼던 시간, 여러 강의 들으면서 배운 노하우를 한우리 학생 어머니들께 전달해 드릴 수 있었다. 책을 읽지 않은 아이들에게 본이 되어 책을 읽을 수 있도록 도와주고, 생각하는 질문을 하고 아이들의 이야기도 귀담아 들어주고 있다. 아이들에게 선한 영향력을 끼치는 가까운 어른이 된 것 같아서 보람을 느낄 때가 많다.

경력단절이 된 이후로 자신감도 많이 떨어졌지만, 이것저것을 배우며 '내가 좋아하는 게 무엇일까?', '내가 잘하는 것은 무엇일까?'를 고민하고 찾아 나가려고 애썼다. 나에게 맞는 일, 내가 잘하는 일을 찾기까지 오랜 시간이 걸렸지만, 그동안의 노력이 헛되지 않아서 더 의미 있게 느껴진다.

나는 글쓰기로 설렌다 출간 기획서

이 자 영

초등입학 전 다시 시작하는 그림책 읽기

마법 같은 그림책 읽기!

도서 제목 및 부제(가칭)

- 초등입학 전 다시 시작하는 그림책 읽기
- 마법 같은 그림책 읽기!
- '책 읽어주는 엄마'를 위한 그림책 낭독법

저자 소개

이자영

그림책 낭독가, 북소리책육아코칭센터 대표. "booksoulreader"로 유튜브 운영.

학교 현장과 마을에서 '낭독' 관련 수업으로 아이들과 학부모, 마을 주민들과 만나고 있다. 낭독 프로그램을 개발하여 옛이야기 낭독극, 그림책 낭독극을 청소년 대상으로 수업하고 있으며, 학교에서 봉사하는 '책 읽어주는 학부모'와 '사서 봉사자' 대상 그림책 낭독 교육을, '그림책 낭독가 양성 과정'도 만들어 학부모 활동이 의미 있고 가치 있는 일이 되도록 연구하고 실천하고 있다.

마을에서는 주민들과 함께 시를 쓰고 낭독하는 모임을 꾸려 마을 주민들에게 시의 매력을 알리고 있다.

저서로 〈 초등입학 전 다시 시작하는 그림책 읽기 〉가 있다.

기획 의도

- 이 책은 자녀의 초등학교 입학을 앞둔 양육자들의 불안을 조금이나마 해소하고 양육자 자신과 자녀를 믿는 시간으로 만드는 것은 '그림책 읽기'라는 생각에서 시작하였다.
- 이 책은 그림책 앞표지부터 뒤표지까지 꼼꼼하게 살펴보고 적확하게 낭독하는 방법을 말하고 있다. 그 동안 그림책 읽기를 다룬 책들은

그림책을 설명하는 것으로 그쳤다. 그림책이 무엇이고, 그림책에 있는 장치들은 무엇이며 작가 의도를 파악하여 읽는다고만 되어있지, 그래서 어떻게 읽으라는 것인지 실천적 가이드를 제공하는 책은 없었다.

- 이 책에서는 다양해진 그림책을 그대로의 모양대로 읽는 방법을 알려준다. 작가가 왜 이런 장치를 만들었을까를 살피고 그 안에서 수수께끼 같은 이야기를 찾는 방법부터 그것을 우리의 이야기로 바꾸는 작업을 이야기한다. 그러기 위해서는 등장인물, 배경, 서사 등의 표현을 잘 낭독하는 것이 중요하다.
- 초등학교 입학을 하고 나면 늘 잘해왔던 아이가 뒤처지는 상황을 마주할 때가 있다. 그럴 때 매우 당황스럽고 설명할 수 없는 상실감이 엄습해온다. 무엇이 문제일까부터 그동안 양육자 자신이 잘못한 것은 없는지 자기 검열에 들어간다. 그러면서 불안은 더 커진다. 아이는 양육자의 불안을 먹고 그보다 더 큰 불안으로 하루하루를 살아간다. 이 책을 통해 양육자와 아이가 불안에서 벗어나 행복한 학교생활, 일상이 될 수 있도록. 그림책을 통해 서로의 마음을 확인하고 성장하도록 도우려 한다. 그림책 읽기가 어떤 역할을 하며 나는 그것을 어떻게 활용하여 우리 일상에 적용할 수 있는가에 중점을 두었다.
- 아이들은 매일 매 순간 행복할 수는 없다. 오히려 고단함과 괴로움, 의기소침함을 겪어내면서 얻는 성취감, 자기 신뢰감, 자기 효능감 등이 행복이라는 감정으로 여겨질 수 있는 것이다. 그러니 아이의 행복에만 목적을 두지 말고, 매 순간 겪어내는 여러 감정들을 어떻게 받아들이고 어떻게 정리하는가와 회복할 수 있도록 돕는 것이 양육자의 역할일 것이다. 이는 쉽지 않은 일이다. 그래서 그림책이라는 도구를 활용하여 간접 경험으로 가져와 보는 것, 이야기를 통해 아이의

영혼이 단단해질 수 있도록 돕는 것이 가능함을 알리고자 한다.

주요 독자

그림책의 위대함을 믿고 다양하게 활용하는 모든 사람

- 초등학교 입학을 앞둔 양육자
- 초등 저학년에서 읽기와 쓰기 능력이 늦는 아이를 위해 그림책 읽기를 선택한 사람
- '그림책'으로 다양한 활동을 하는 활동가
- '그림책' 낭독에 대해 알고 싶은 사람
- '슬로리딩' 지도 선생님

기획의 특징 및 차별성

- 본 책과 비교할만한 책을 찾지 못함
- [참신성] 그림책 낭독에 관한 책으로는 유일함

✔ 0세~7세, 4~7세 연령으로 그림책을 읽어주는 경험적 사례와 효과에 대해 이야기하는 책은 많으나, 7~9세 초등학교 저학년 양육자를 대상으로 그림책 낭독 실제를 다룬 책은 찾아보기 어렵다.

✔ 낭독 실제를 다룸으로써 그림책 읽기를 조금 더 쉽게 할 수 있다.

✔ 사서 봉사자, 초등학교 학부모 활동 "책 읽어주는 학부모", 그림책 활동가를 위한 그림책 읽기 실용 안내서

✔ '슬로리딩'을 위한 낭독 기술을 다룬 책

- [종합적 구성] 그림책 읽기의 실제로 그림책을 깊이 읽는 방법과 좋은 질문을 만들 수 있음을 이야기 함.

✔ 그림책마다 읽어야 하는 것들이 있다. 새롭고 다양해진 파라텍스트를 이해하고, 그 파라텍스트를 잘 낭독하면 그림책이 전하고자 하는

메시지를 충분히 청자에게 전달할 수 있도록 구성하였다.

✔ 그림책 한, 두 컷을 넣어 예시로 그림책 각각의 파라텍스트를 어떻게 바라보고 이해해야 하는지 설명하고 낭독 실제를 설명한다.

✔ 그림책 읽어주기의 행위자(양육자, 활동가 등)의 자발적 참여를 돕고 그 안에서 자기 점검(내면 아이, 행위자의 마음)을 하여 청자(자녀, 활동 대상자 등)에게 왜곡된 관점을 전달하지 않도록, 즉 오독하지 않도록 안내한다.

• [실용적 효과] 점점 더 다양한 모습으로 만들어지는 그림책을 적확하게 읽는 방법을 구체적으로 설명

✔ 그림책 이해의 다른 시선 : 각각의 그림책을 꾸며준 다양한 파라텍스트 이해, 작가의 의도, 문장마다 사용된 단어를 이해하는 여러 과정이 그림책 읽기의 시작임을 알게 된다.

✔ 이해한 만큼 읽게 되는 그림책 읽기의 묘한 매력을 알게 된다.

✔ 교감하는 도구로써의 이해 : 그림책을 잘 읽으면 지식, 정보만 전달했던 그림책에서, 아이와 나의 감정을 쏟아내고 서로를 이해하는 것을 넘어 감정을 잘 다룰 줄 알게 된다.

✔ 그림책으로 다양한 활동을 하는 활동가에게도 많은 이야기를 청자에게 전달할 수 있어 수업을 풍성하게 만들어 준다는 것을 알게 된다.

✔ 좋은 질문이 아이의 사고력을 키운다. : 깊이 읽는 그림책 읽기는 좋은 질문을 만들어 낼 수 있다. 좋은 질문은 아이에게 생각하는 힘을 키워준다.

✔ 그림책 낭독법으로 목소리 사용하는 법도 배운다.: 책 몇 권 읽어주고 나면 목이 아프다고 호소하는 양육자 또는 활동가들을 만난다. 그것은 낭독(읽기)이 잘못되었다는 것인데, 낭독 법을 소개하여 조금 편하게 낭독할 수 있게 한다.

Contents

들어가며
"불안해하지 마세요. 다 잘 될 거예요."

1부 그림책 끌어안기

1. **다시 보자 그림책**
    - 그림책을 다시 읽어주라고?
    - 파라텍스트에 숨은 다양한 이야기
2. **여러 가지 그림책_초등 저학년 추천 도서**
    - 옛이야기 그림책
    - 창작 그림책
    - 나를 단단하게 하는 그림책

2부 쉽게 낭독해 보기로 해

1. **지치지 않게 그림책 읽는 방법**
    - 같은 그림책 매일 가져오는 너
    - 나를 알아야 그림책 읽기가 편하다
2. **올바른 낭독 법**
    - 편안한 목소리 찾기
    - 복식 호흡으로 편안해진 책 읽기
    - 올바른 발음으로 들려주는 그림책

3부 그림책 제대로 읽었을 뿐인데

1. **그림책으로 만드는 질문**
   - 너와 나, 우리만의 질문
   - 아이의 성장을 돕는 질문
   - 영혼이 단단한 아이로 만드는 질문
2. **그림책 읽고 뭐할까?**
   - 억지로 만드는 것은 이제 그만
   - 아이 자존감 높여주는 책놀이

나가며

"낭독하는 이가 편안해야 낭독도 편안해집니다. 나를 먼저 세우는 일부터!"

부록

- 사서 봉사자, 학부모 활동 "책 읽어주는 학부모", 그림책 활동가 대상 그림책 읽기
- '슬로리딩' 낭독 기술
- 참고문헌

요약

- 모든 배움의 시작은 읽는 것부터 시작되는 것 같다. 하지만 우리는 읽는 것을 먼저 배운 것이 아니라, 듣는 것부터 배웠다는 사실을 잊고 있다. 들어 말하게 되었고 말하는 단계를 거쳐 글을 배웠다는 것을 잊고 있다. 말을 배워가는 과정에서 양육자의 쉼 없는 말소리, 세상의 소리를 세상에 막 태어난 아기는 들어 익힌다. 그러는 과정에서

공감과 애착이 생기는 것이다.

- 애착의 시간도, 말을 잘 배워두는 시간, 듣는 시간이 부족한 아이들이 있다. 심지어 일상적인 대화 조차도 부족한 아이들이 있다. 더 나쁜 것은 감정이 섞인 양육자의 말들이다. 존중받고 사랑받아야 할 아이들이 양육자의 말속에서 시들어 가고 있다. 일상에서 시들었던 감정들을 잘 보듬고 살펴볼 수 있는 시간은 그림책 읽는 시간이 다인 경우도 많다. 나도 그랬으니까.
- 말을 잘하면 천 냥 빚을 갚는다는 말이 있듯이 그림책만 잘 읽어도 자녀들을 잘 키울 수 있다. (의식주 제공이야 기본이니 제외한다) 편안한 환경에서 엄마가 정성껏 읽어주는 책 읽기가 되어준다면 이런 과정에서 양육자와 아이의 관계가 나빠질 수 있겠는가. 양육자가 정성들여 읽어주는 공간 안에서 충분히 쉬면서 하루 동안 알 수 없이 불안했던 감정들, 애씀을 위로받는 기분이 들 것이다. 그러면서 생각하는 아이, 공감하는 아이로 성장하게 될 것이다.
- 편안하게 그림책을 읽어주는 낭독법을 알면 쉽게 책 읽기가 가능하고, 올바른 발음으로 책 읽기를 할 수 있다면 아이들이 글을 읽어내는 데 자신감이 생긴다. 또한 들어 알게 된 글을 이해하는 능력은 물론 다양한 질문을 스스로 할 수 있게 된다. 이후에 자연스럽게 이어지는 독후 활동은 아이의 창의력을 발휘하게 한다.
- 이처럼 올바른 그림책 읽기는 앞으로 우리 아이의 수준 높은 책읽기의 디딤돌 역할을 제대로 해 줄 것이다. 그러려면 지금부터 다시 그림책 읽기를 시작해 보면 어떨까.

서문 및 샘플 원고 : 다음 페이지에 첨부

Introduction

"불안해하지 마세요. 다 잘 될 거예요."

아이가 일곱 살이 되면서 양육자는 불안하다. 내년이면 초등학교에 들어가는 아이를 두고, '아이가 잘 할 수 있을 까?'부터 알 수 없는 불안이 하나, 둘씩 내 안에서 올라오면 주체할 수 없는 감정에 감당하지 못하는 것을 많이 봤다.

가만히 생각해 보면 그 불안은 양육자 자신이 만들어 낸 것이다. 경험해보지 않은 학부모의 역할, 아이로 인해 평가받을 '나'라는 사람이 아직 불완전함을 알게 되는 것이 두려운 것일 수도 있다.

양육자의 불안은 아이를 예민하고 무기력한 아이로 자라게 한다. 아이들은 양육자의 불안을 먹고 자란다. 그러면서 아이들은 더 예민해지고 무기력해진다. 그러면 양육자는 자기 불안에 더해 예민한 아이를 돌보는 상황이 힘겹게 느껴진다. 이렇게 악순환이 반복되면 더욱 힘들어지는 상황이 오게 된다.

불안을 잠재우고 아이의 행복한 성장을 위해 우리는 무엇을 할 수 있을까?

요즘 양육자는 '잠자리 독서'를 매우 중요하게 생각한다. 책을 읽어주는 것이 좋은 줄 알지만, 일상에서 아이를 편안하게 데리고 책을 읽어주는 시간이 쉽게 만들어지지 않으니 잠자리에 드는 시간이야말로 아이를 붙잡아 놓고 책 읽어줄 수 있는 유일한 시간이리라.

'잠자리 독서'는 일과를 마무리하면서 지쳤던 서로의 마음을 다독이는 시간이 되기에 더 좋은 것 같다.

하지만 그 시간마저도 허투루 보내는 가정이 많다. 의무적으로 좋다니까 억지로 하고, 책 읽는 것이 힘에 겨워 읽는 속도나 읽는 소리에서 불만이 가득한 소리로 책을 읽어준다면 '잠자리 독서'에 대해 다시 한번 생각해 보길 바란다.

힘들면 굳이 읽으려 하지 말고 서로의 일상이 어땠는지, 잠자리는 편한지 살펴봐 주는 몇 마디면 족하다. 책을 읽어주겠다고 책을 들었다면, 아이가 읽어달라 가져온 책을 거절할 수 없다면 제대로 잘 읽어주면 한다.

그리고, 아이가 책 읽기가 가능하다고 하더라도 엄마가 읽어주는 책 읽기가 되도록 오래 이어지면 좋겠다.

나의 불안을 사라지게 하고, 아이의 행복한 내일을 기대하며 잠자리에 들 수 있도록 도와주는 책 읽기는 무엇이며 어떻게 하는 것일까?

글을 따라가다 보면 그림책을 이해하는 것부터 한 권 한 권, 책마다 자기만의 이야기를 표현하느라 여러 메시지를 담는 것을 알게 될 것이다. 그렇게 그림책을 읽어주다 보면 자연스럽게 아이의 마음도 알게 되고, 내 마음이 힘든 이유도 알아차리게 될 것이며, 깊이 읽는 것이 어떤 것인지도 알게 되면 좋겠다.

그렇게 그림책 읽기를 한다면 좋겠다는 마음으로 하나하나 세심하게 담아보려 했다.

그런 자기 경험으로 학부모 활동에 있어 내 아이만이 아닌, 다른 아이들을 위해 책 읽어주는 학부모 경험도 하면 좋겠다.

새로운 환경에서 새로운 방식으로 학습이라는 것을 하는 아이들에게 안정감을 주고, '너희 마음을 다 알아 그러니 걱정하지 말고 행복한 학교

생활이 되길 바라'는 마음으로 아이들이 좋아하는 그림책을 정성껏 읽어 준다면 아름다운 봉사가 아닐까 한다.

그런 걸음들이 모여 아이들, 그리고 학부모들과 하는 수업을 만들기도 하고, 더 넓은 세상에 나가 봉사하거나, 마을 선생님으로 새로운 영역을 개척해 나간다면 자기 성장이 되는 학부모가 될 것이다.

세상의 모든 양육자들이 아이들이 성장하는 만큼 함께 성장하고 자기 발전으로 가치 있는 삶이 되도록 의미 있는 삶이 되는 매일이 되었으면 한다.

아이는 이 세상에 태어날 때부터 영웅이었다. 엄마 뱃속이라는 안전한 곳을 벗어나 좁은 산도를 따라 세상에 태어났을 때, 신기하고 불안하고 추었을 그때, 울음 하나로 자기 자신의 존재를 알리던 아이이다.

세상을 탐닉하는 시간 6년을 지나고 또다시 새로운 환경에 적응하려고 준비하는 일곱 살. 내가 그 아이를 세상에 태어나게 한 날, 나 또한 불안함보다 기대와 감사가 충만했음을 기억할 것이다.

그러니 서로를 믿고 기대와 설렘으로 초등학교 입학을 꿈꿔보길 바란다.

이렇게 글을 담아내기까지 함께 애써주고 같은 마음이 되어준 사람들이 있다. 먼저, 너무도 사랑하고 앞으로 모든 성장에 나와 함께 해 줄 가족. 그리고, 나와 같은 마음으로 격려해주고 글도 읽어 봐주며 마음 내어준 친구 같고 언니 같은 동생, 성숙에게 고마움을 전한다. 또한, 학부모를 깨어 글을 쓰게 해 준 인천시 교육청 도성훈 교육감님, 학교마을협력과, 그리고 관계자분들께 진심으로 감사함을 전한다.

1부. 그림책 끌어안기

1. 다시 보자 그림책

• 그림책을 다시 읽어주라고?

초등학교 1~2학년 읽기 영역 성취기준을 살펴보면 '글자, 낱말, 문장을 소리 내어 읽는다.', '문장과 글을 알맞게 띄어 읽는다.', '글을 읽고 주요 내용을 확인한다.', '글을 읽고 인물의 처지와 마음을 짐작한다.', '읽기에 흥미를 갖고 즐겨 읽는 태도를 지닌다.'는 내용이 제시되어 있다.

긴 문장을 가지고 평가하는 것은 아니고, 학령에 맞는 문장 길이를 두어 평가하게 되어 있다.

읽기 영역, 즉 읽기유창성은 단어 수준의 읽기 능력뿐 아니라, 글을 이해하는 능력으로 가는데 필요한 교량 역할을 한다(김영숙, 2017). 글자 자체를 읽는 것을 배우는 것을 넘어 '배움을 위한 읽기'로 넘어가는 길목에 '읽기유창성'이 있다는 말이다(송푸름, 교육을바꾸는사람들, 2022).

이러한 읽기 유창성, 즉, 낭독자가 많은 노력을 기울이지 않아도 빠르고 정확하며 표현력 있게 글을 읽어내는 능력(Rasinski. 2003)은 초등학교 1~2학년 아동 기준으로 약 100어절 정도 되는 이야기글 혹은 설명글이 적절한데, 이런 양으로 아동에게 소리내어 읽어보게 하는 것으로 확인이 가능하다(송푸름, 교육을바꾸는사람들, 2022).

이런 과정에서는 아동이 문장을 이해하고 읽는 것인가, 이해하지 못하더라도 추론할 수 있어 표현력 있게 읽어내는가가 나타난다.

이때 우리가 간과하는 것이 있다. 글자를 읽을 수 있으니 글을 읽을 수 있으리라 생각한다는 것이다. 하지만 많은 아이가 글자는 읽어도 모든 문장을 이해하고 읽지는 못한다. 이것이 가능하게 하려면 많은 공력을 들여야 한다.

음절마다 갖는 음가나 장단을, 음절의 길이, 한 문장이 여러 개의 어절로 나뉘기도 하고, 하나의 어절로 읽어지기도 한다는 것을 아이들이 알기는 쉽지 않다. 이런 것이 초등학교 교과 과정 안에서 가능해지려면 많이 들어봐야 한다.

많이 들어보는 것은 어떻게 하면 가능할까?

요즘은 그림책을 읽어주는 앱이나 스트리밍을 이용하여 그림책을 보여주는 것을 많이 활용하는데 이는 진정한 듣기가 아니다. 왜 저렇게 표현하는지는 알려주지 않아 반쪽짜리 듣기가 된다.

아이들은 낭독자의 표정, 입 모양, 소릿값으로 말과 글을 배우는 것인데 이런 것이 전혀 반영되지 않으니 반쪽짜리 듣기라 할 수 있다.

이런 것을 습득하려면 누군가 읽어주는 행위를 많이 듣고 보아야 한다. 그러한 과정에 정서까지 보탠다면 아이들에겐 행복한 책 읽기가 될 것이다.

아이들은 안정된 정서에서 훨씬 많은 것을 습득한다. 다양한 자극으로 정서가 안정되지 않는다면 책 읽기가 불편한 행위가 될 수 있다.

낭독자가 정서적으로 안정되고, 안정된 목소리로 정성껏 읽어주는 그림책은 아이에게 기분 좋은 기억이 될 수 있고, 그런 과정들이 쌓이면서 아이가 낭독자가 되었을 때 자신감 있는 표현력이 풍부한 읽기가 가능하다는 것이다.

읽기 연습할 때 그림책이 좋은 이유는 그림책은 짤막한 글로 다양하고 생동감 있는 이야기가 담겨있다. 아무리 짧은 문장이고 짧은 이야기라고 해도 7세~9세 아이들은 그 글을 이해하고 공감하기에는 부족한 면이 많다.

그것을 그림으로 표현함으로써 이해를 돕고, 공감을 끌어낼 수 있다.

주인공의 표정, 주변 배경을 보고 짐작하고 이해와 공감을 하려고 애쓰는 아이들이 정말 사랑스럽다. 그런 것들을 잘 살펴 읽도록 한다면 적확하게 읽는 글 읽기가 가능하다.

우리는 글자만 알면 글 읽기가 다 되는 것으로 이해해 왔다. 하지만 아이들이 학교에서 배우는 글 읽기는 빠르고 정확하게 표현력 있는 글 읽기여야 함으로 다시 그림책을 자세히 살펴서 읽는 것으로 그림책 읽기가 다시 시작되어야 한다.

2부. 쉽게 낭독해 보기로 해

1. 지치지 않게 그림책 읽는 방법

• 같은 그림책을 매일 가져오는 너

한 책만 고집하며 읽는 아이, 한 종류(자동차, 동물 등)의 책만 읽는 아이, 그림은 안 보고 글만 빨리 읽으라는 아이, 글은 벌써 다 읽었는데 그림에서 빠져나오지 않은 아이, 숨은그림찾기 하자 한 것도 아닌데, 그림에 빠져 한참을 들여다보며 자세히 읽는 아이, 책 읽는 것은 싫고 장난감만 가지고 노는 아이 등 정말 다양해도 너무도 다양한 아이들이다.

절제를 배워온 우리 어른들도 좋아하는 것 다르고, 싫어하는 것 다르고, 서로가 다른 성향과 기질을 가지고 있는데 아이들은 오죽할까.

다양한 욕구를 해소하는 것도 발달단계에 있는 아이들에게 매우 중요한 일이다. 그런 욕구를 채워주고 보듬어 주는 양육자의 역할은 정말 진이 빠지고 기가 빨리는 일일 수 있다.

그중 한 책만 가져오는 아이와 한 번에 여러 권의 책을 가지고 와서 양육자를 힘들게 하는 사례를 들어 그림책 읽기를 설명해보려 한다.

한 책만 가져오는 아이가 있다. 맨 처음 읽어주었을 때 양육자가 정말 재미있게 들었던 기억으로, 흥미로운 이야기가 담긴 그림책이라는 이유로든 다양한 이유로 그 책 하나만 계속해서 읽어달라는 아이.

그 책에서 그림이 아이를 기분 좋게 하거나, 주인공의 표정이 즐거움을 주거나. 아이가 좋아하는 지점이 다양한 이유로 아이들은 그런 요구를 한다.

이럴 때 나도 모르게 '지겹다.', '힘들다.', "언제까지 이럴 거니?"라는 말이 자연스럽게 나오기도 하는데 아이들은 거절을 경험하면서 불편한 감정이 생기게 되고, 그런 것들이 지속해서 반복된다면 책은 재미없고 힘든 것으로 생각하게 된다.

방법이 있다. 우선 매일 들고 오는 책의 '책등'에 읽을 때마다 스티커를 붙여준다. 반복 읽기가 되었으니 다른 책을 읽게 하는 방법으로 사용하라는 것이 아니라, 읽은 빈도에 따라 아이 성향을 파악하는 것으로 활용하면 좋다. 그렇게 하면 아이의 성향, 아이가 좋아하는 분야의 책을 알 수 있고, 비슷한 종류의 책을 한 권 더 준비하여 번갈아 가며 읽어줄 수 있다. 또한, 아이가 좋아하는 주제나 소제의 확장이 가능하다.

예를 들어 아이가 차(car)에 관한 책만을 읽어 달라고 한다면 일정 기간 읽어주고 다른 방식의 차(car)에 관한 책을 슬며시 끼워서 읽어준다. 차와 관련된 책들을 더 살펴 다양한 구성으로 한 분야를 깊이 있게 읽음으로써 사고를 확대해준다면 책 읽기는 즐거운 것으로 아이는 인식하게 된다.

한 가지 더, 여러 번 많이 읽어 준 책은 처음부터 끝까지 매번 똑같이 읽지 않아도 된다.

세심하게 여러 번 살펴 읽은 책이라면 요약해서 대충 읽어준 다음, 질문을 하면 좋다.

다양한 질문으로 아이로하여금 생각하게 하고, 여러 번 읽었으니 그 책에서 얻은 지식으로 자기 생각을 보태어 말하게 하는 방법도 활용해 보면 좋다.

이번에는 한 번에 여러 권의 책을 가져오는 아이 이야기다.

어떤 아이는 여러 권의 책을 한꺼번에 들고 오다 자기 발등을 찍기도 해서 한바탕 울기도 하고, 책 읽기가 시작되어서야 그 울음이 잦아들었다는 이야기도 들었다.

아이가 왜 그렇게까지 하는 것일까? 이때는 아이의 마음을 살펴보았으면 한다.

주 양육자와 떨어져 있는 시간이 길다거나 분리 불안을 적절하게 해소하지 못했거나, 주 양육자의 책 읽기가 정말 재미있다거나 하는 등의 여러 이유가 있다.

이런 경우, 아이가 가지고 온 책 중에서 양육자가 읽기에 편안하고 재미있을 것 같은 책을 한 권 먼저 충분히 실감 나고 재미있게 읽어준다. 그러고는 그 책으로 이야기를 만들거나 아이와 스킨십을 많이 하면서 대화한다.

그리고 아이와 번갈아 읽는 방법도 있다. 등장인물을 서로 정하여 읽는다거나, 한 쪽씩 번갈아 읽기도 하고, 설명글은 양육자가, 대화는 아이가 읽는다든지 하여 다양한 읽기를 시도해볼 수 있다.

길지 않아도 된다. 정성껏 10분에서 20분만 아이에게 집중한다면 그 많은 책은 잊고 책 한 권만으로도 아이는 충분히 만족할 것이다.

아이는 그런 시간을 갖고 싶어 무거워서 힘들어도 한꺼번에 많은 책을 가져오는 것이다.

나를 힘들게 하는 아이로 보지 말고, '나와 같이 있고 싶은 마음이 저만큼이나 크고 간절하구나.'로 이해하고 받아들여 준다면 아이는 이 세상에서 자신의 마음을 알아주는 사람이 있다는 것에 자신감을 얻게 된다.

나는 글쓰기로 설렌다 출간 기획서

이 현 숙

사랑하는 나를 위한 힐링 2시간의 마법

나를 찾아가는 시간, 취미로 찾아가는 행복 2시간

책 제목 및 부제

제목 : 사랑하는 나를 위한 힐링 2시간의 마법

: 나를 찾아가는 시간, 취미로 찾아가는 행복 2시간

- 공예를 통한 제 2막
- 취미 부자
- 취미가 본업이 되는 순간

저자 소개

오원 이현숙

이현숙 대표는 공예의 세계에서 깊은 흔적을 남기도록 노력하고 있습니다.

그녀의 장인정신은 14년 전부터 시작되어 지금까지 이어져, 현재까지 50여 가지의 다양한 공예 기법을 소유하고 있습니다.

그녀가 운영하는 '오원공방'은 한국 전통문화와 현대적 감성이 조화롭게 어우러진 공간입니다.

여기서 그녀는 이화한지문화연구회 이사장으로서 한지에 대한 깊은 연구와 함께 한지를 활용한 다양한 작품을 창작하며, 우리나라의 아름다운 전통을 계승하고 있습니다.

또한 세이크래프트아트협회 인천부평센터장, 감성위빙아트센터 새활용 강사 등 다양한 역할을 수행하며 지역 사회와 문화계에 기여하고 있습니다. 인천시교육청 평생교육 강사로서, 부평구 마을 교육 활동가로서 학습자들과 지역주민들에게 직접 지식과 기술을 전수하며, 인재 양성에 힘쓰고 있습니다.

그녀는 인천 인재평생교육진흥원 어진인으로서 청소년들에게도 영감을 주며 부평청소년수련관에서도 강사로 활동하여 청소년들이 예술적 감성과 창조력을 발전시킬 기회를 제공합니다.

초등학교부터 중학교, 고등학교까지 관내 학교에서 수업을 진행하며 젊은 세대를 위해 자신의 지식과 경력을 나눌 뿐만 아니라, 교사 연수 및 기관 출강을 통해 다양한 세대에게 공예의 즐거움과 가치를 전파하고 있습니다.

'오원공방'이란 이름은 "다섯 손가락으로 할 수 있는 모든 일이 멀리서도 원안으로 모인다"는 의미를 내포하고 있습니다. 이 이름은 한지 작업 시 만든 호에서 영감을 받아 지어진 것으로, 넓은 세상을 여행하듯 많은 사람에게 사랑을 받으며 그녀만의 예술세계를 펼치고 있습니다.

기획 의도

- 공예를 처음 접한 그 순간부터, 저는 이 활동이 제게 주는 치유의 가치를 깨달았습니다.

  이 책은 그런 경험을 바탕으로, 독자들에게 마음의 휴식처와 생활에 대한 새로운 시각을 제시합니다.

  창업을 준비하는 분들에게는 이 책이 창의적인 아이디어와 자신만의 비전을 구체화하는 데 필요한 원동력과 동기부여를 제공할 것입니다.

  하지만 이 책은 단순히 공예에 대한 지식 전달뿐만 아니라, 공예가 어떻게 우리 생활과 연결되어 있는지, 그리고 우리가 어떻게 공예를 통해 서로 더 가까워질 수 있는지에 대해 탐구합니다.

  혼자서는 도달하기 어려운 목표도 함께라면 가능하다는 말처럼, 공예가 사람들 사이에서 다리 역할을 하는 방법에 대해 더 깊이 있게 알아보고자 합니다.

  따라서 이 책은 단순히 개인적인 기초 지식 전달에서 그치지 않고,

여러 사람과 함께 소통하며 성장하는 커뮤니티를 만드는 것을 목표로 합니다. 사람과 사람 사이의 틈을 메우며 서로 간의 연결성을 강화해주는 공예가 바로 그 도구입니다.

그래서 우리가 모두 한 걸음 더 나아가기 위해 '공예'라는 손수 만든 다리를 건넌다면, 우리가 모두 같은 목적지로 함께 나아갈 수 있습니다.

이것이 바로 본 책의 궁극적인 기획 의도입니다.

주요 독자

1. 창의적인 아이디어와 동기부여가 필요한 창업을 준비하는 분들
2. 일상에서 스트레스나 압박감으로 고통받는 사람들
3. 커뮤니티 활동에 관심이 있는 사람들
4. 개인적인 성장과 자기개발에 관심이 있는 사람들

기획의 특징 및 차별성

"사랑하는 나를 위한 힐링 2시간의 마법"의 기획의 특징과 차별성은 다음과 같습니다:

공예를 통한 치유와 자기 사랑: 이 책은 공예가 개인의 마음을 치유하고, 자신을 사랑하는 데 어떻게 도움이 될 수 있는지에 대해 깊이 있게 탐구합니다. 많은 책이 공예 기술에 초점을 맞추지만, 이 책은 공예 활동 자체가 갖는 심리적, 정서적 가치에 주목합니다.

창업 준비자를 위한 안내서: 이 책은 창업을 준비하는 분들에게 공예를 통해 창의적인 아이디어를 발굴하고 그것을 실현하려는 방법을 제공합니다.

비즈니스 세계에서 성공하기 위해 필요한 동기부여와 시각적 접근법도 제시합니다.

커뮤니티 구축과 소통 강조: 이 책은 개인적인 경험이나 지식 전달만큼이나 중요하다고 여기는 커뮤니티 구축과 소통에 중점을 두고 있습니다. 공예가 사람들 사이에서 다리 역할을 하는 방법에 대해 알아보며, 여러 사람과 함께 소통하며 성장하는 커뮤니티 만드는 것을 목표로 합니다.

실행 가능성 및 접근성: "사랑하는 나를 위한 힐링 2시간의 마법"은 모든 독자가 직접 경험할 수 있도록 저렴하고 재밌으며 의미 있는 프로젝트를 제안합니다.

따라서 이 책은 단순한 '공예'라는 주제넘어, '공예'라는 맥락 속에서 우리 각자와 우리가 모두 어떻게 연결되고 변화할 수 있는지 보여주려 합니다.

이러한 접근법은 본 책을 다른 공예 관련 책들과 차별화시키는 중요한 특징입니다.

Contents

책을 펴내며_사랑하는 나를 위한 힐링 2시간의 마법

part 1. 마음을 담은 감성 소품 만들기

1-1. 가죽으로 쓰는 따뜻한 이야기

1-2. 펠트의 세상, 부드러운 만남

2-1. 슈링클스 아기자기한 소품, 작은 행복 찾아서

2-2. 밀랍으로 빚어내는 온기의 순간

part 2. 버려진 것에서 깃든 아름다움 발견하기

1-1. 섬유로 빚어낸 재생의 메시지

1-2. 버려진 양말목에서 시작하는 희망 이야기

2-1. 수제종이로 만드는 소소한 기적

2-2. 재생종이와 함께하는 예술품 탄생일

part 3. 천년을 넘나드는 한지, 그리고 우리

1-1 오색한지와 함께하는 색색의 여정

1-2 탈색한지, 숨겨진 아름다움에 대한 고백

2-1 비단지를 통해 엿보는 우아함

2-2 도안과 함께 꽃피우는 나만의 한지 이야기

서문 및 샘플 원고: 다음 페이지에 첨부

Introduction

사랑하는 나를 위한 힐링 2시간의 마법

어릴 적부터 엄마와 함께 손으로 무언가를 만드는 것을 좋아했습니다. 엄마의 솜씨는 정말로 멋졌고, 그녀의 옆에서 배우며 자랑스러운 순간들이 많았습니다.

결혼 후에는 경력 단절 여성이 되었지만, 아이들이 학교에 다니면서 저도 다시 성장하기 시작했습니다. 공예를 통해 새로운 도전과 창조의 기회를 찾았고, 2015년 청년창업 프로그램을 통해 공방을 오픈하였습니다.

공방에서 50여 가지의 공예 기법과 작품 제작 방법 등을 배우면서 저는 큰 행복과 성취감을 느꼈습니다. 그리고 이 경험과 행복함을 다른 사람들과 나누기 위해 원데이 클래스, 초중고 수업, 교사 연수 등 다양한 활동에 참여하게 되었습니다.

저의 첫 번째 책은 이런 경험과 감성적인 여정을 담아내려 합니다. 혼자서 취미를 시작하는 분들이나 나만의 시간을 갖기 어려워하는 분들에게 작은 동반이 되어주길 바랍니다. 이 책은 세상과 소통하는 법, 자신을 알아가는 법, 소소한 일상에서 찾아낼 수 있는 작은 행복함까지 전달하려 합니다.

공예가로 공방 활동은 처음에는 어려워 보일 수 있습니다. 하지만 함께 시작한다면 '나도 할 수 있다'라는 자신감과 재미를 발견할 수 있으리라 믿습니다. 저도 처음에 걱정하며 시작했습니다. 하지만 걱정 딛고 나아가보니 자신감과 성취감이 함께이며 크게 성장할 수 있음을 깨닫게 되었습니다.

함께 해볼까요? 조급하지 않으면서 천천히 한 발 한 발 같이 나아가요.

그래야 비록 작약 같더라도 내 인생도 계속 전진할 수 있으니까요.

제 길잡이인 이 첫 번째 책으로 여러분과 함께 멋지게 성장하는 순간,

작은 일상에서 발견되는 소소한 행복함까지 경험할 수 있기를 진심으로 바라봅니다.

토닥토닥 안마봉 만들기

재료 : 양말목 76개, 포인트 양말목 1개, 편백칩(50g), 칩망 1개, 우드봉 1개, 글루건 or 목공풀

영상으로도 있으니 QR코드를 통해 함께 하셔도 좋습니다.

1. 1단 – 꽃잎 엮기(6+1개)
: 양말목 1개를 2번 꼬아 접어 중심부를 만듭니다.

2. 2번 꼬은 반고리 중심 안으로 양말목 6개를 넣는다.

3, 6개를 다 넣으면 꽃모양이 나옵니다.

4. 12개씩 5묶음을 준비합니다.

5. 우선 12개 한 묶음을 준비합니다. 한 꽃잎에 한 개를 넣고 통과시키고 똑같은 자리에 하나 더 넣습니다. 두 코 확장입니다.

6. 두 번째 12개 한 묶음을 한 꽃잎 하나에 하나씩 엮어줍니다. 같은 방법으로 나머지 세 묶음도 한 꽃잎에 하나씩 다 넣어줍니다.

7. 총 6단이 완성됩니다.

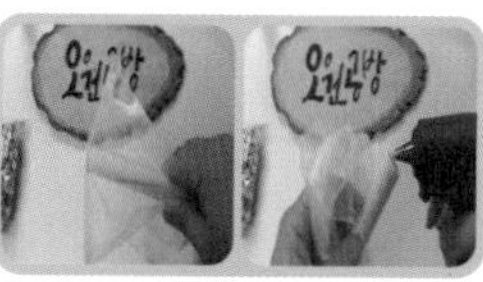

8. 우드 봉 윗면에 글루건을 사용해 망사주머니와 붙여줍니다.

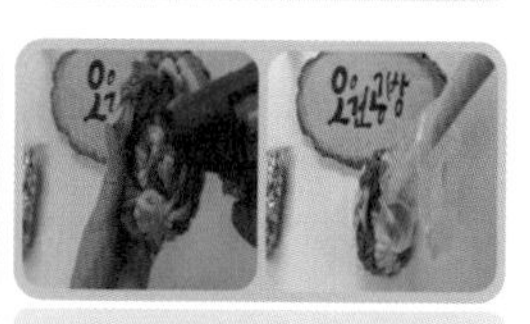

9. 우드봉 고정하기: 망사 안 가운데에 우드봉을 넣고 글루건(접착제)를 이용해 안마봉 중심에 고정합니다.

10. 우드봉 고정 후, 칩 망 안에 편백칩을 넣은 후 칩이 빠지지 않도록 망 끈을 두세 번 묶습니다.

11. 편백칩을 안마봉 안으로 넣어 모양을 만들어주세요.

12. 7단 - 코 줄이기(12개→6개)
: 우드봉을 중심으로 1코 띄고 양 말목을 걸어 엮어 주세요.

13. 8단 - 코 줄이기(6개→3개)
: 우드봉을 중심으로 1코 띄고 양 말목을 걸어 엮어 주세요.

14. 장식하기: 마지막 코를 우드봉을 중심으로 한바퀴 감은 후 다른 색의 포인트 양말목으로 묶어줍니다. 레이스를 정리해주세요.

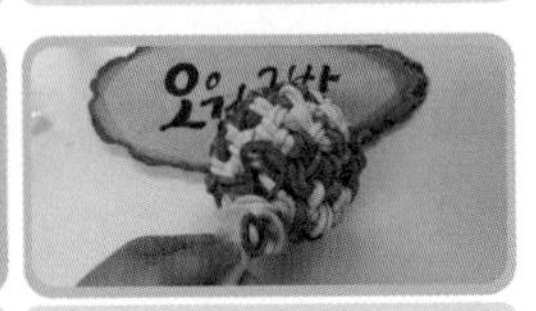

15. 완성!! 수고하셨습니다.

샘플 원고2

슈링클스 키링 만들기

재료 : 슈링클스 종이, 오븐, 색연필, 키링, 오링 등

영상으로도 있으니 QR코드를 통해 함께 하셔도 좋습니다.

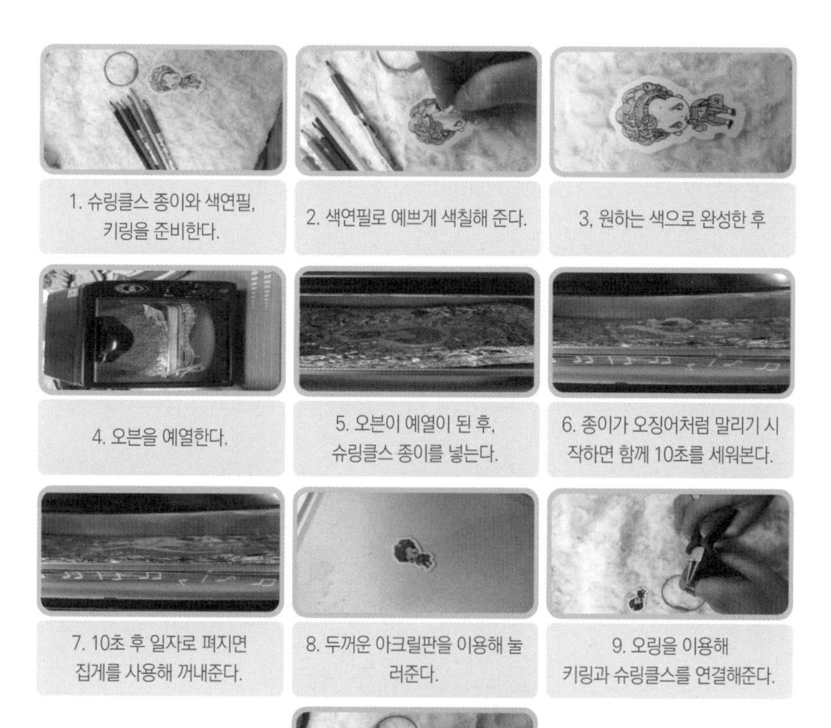

1. 슈링클스 종이와 색연필, 키링을 준비한다.

2. 색연필로 예쁘게 색칠해 준다.

3, 원하는 색으로 완성한 후

4. 오븐을 예열한다.

5. 오븐이 예열이 된 후, 슈링클스 종이를 넣는다.

6. 종이가 오징어처럼 말리기 시작하면 함께 10초를 세워본다.

7. 10초 후 일자로 펴지면 집게를 사용해 꺼내준다.

8. 두꺼운 아크릴판을 이용해 눌러준다.

9. 오링을 이용해 키링과 슈링클스를 연결해준다.

10. 완성!! 수고 많으셨습니다.

나는 글쓰기로 설렌다 출간 기획서

이 혜 일

마흔의 낱말들

엄마라는 꽃이 피었습니다

도서 제목 및 부제 (가칭)

[제목]

- 마흔의 낱말들
- 마흔에 사귄 낱말들
- 마흔 낱말 모음집

[부제]

- 엄마라는 꽃이 피었습니다
- 엄마라는 본캐가 마음에 듭니다
- 마흔의 엄마들에게
- 빛나는 일상을 위한 엄마의 낱말 탐색

저자 소개

대학에서 국어국문학과 정보방송학을 전공했다.

인터넷 방송국 조연출, NGO 단체 라디오 방송 프로그램 구성 작가로 일했다. 두 아들과 살림을 돌보며 틈틈이 나의 꿈도 돌본다. 돌봄의 가치를 무엇보다 귀히 여기고 또 다른 누군가를 돌볼 줄 아는 인생을 꿈꾼다. 글을 쓰는 손은 나와 타인의 마음을 함께 쓰다듬고 치유하는 약손이라 믿는다.

한밤에 산책하는 일과 자전거를 타고 꽃 사오는 일을 좋아한다. 새로운 하루가 시작되면 내가 누릴 수 있는 작은 기쁨부터 찾는다.

(브런치 https://brunch.co.kr/@bluedawn24)

기획 의도

흔히 한 살 더 많아지는 것을 '나이 먹는다'라고 표현한다. 나이가 음식도 아닌데 왜 '먹는다'라는 동사를 쓸까. 음식을 통해 공급받은 영양소로 몸의 성장을 이루듯 나이를 더할수록 우리의 내면 또한 성숙을 원하기 때문일 것이다. 하지만 나이를 먹는다고 해서 공허한 삶이 저절로 채워지는 것은 아니다. 오히려 해가 갈수록 이전보다 늘어난 삶의 책임을 지느라 허덕이고 지칠 때가 많다. 어른이 되어 몸은 다 자랐지만 정신이나 인격은 여전히 성장을 필요로 하기에 우리는 오늘도 이 결핍을 채워줄 무언가를 찾아 헤맨다.

마흔의 나이를 갓 통과한 저자는 이제야 인생의 실체가 조금 보이는 듯하다. 마흔이란 나이는 꿈, 직업, 인간관계에 대한 환상이 깨지는 대신 속이 꽉 찬, 단단한 일상을 만들어 가는 데 가장 적합한 시기라는 것을. 이 책은 삼십 대를 엄마이자 주부로 살았던 평범한 여성이 사십 대를 맞이하며 겪은 인식의 전환을 담고 있다. 그 계기는 일상의 단어들을 탐색하며 시작된다. 저자는 마흔이 시작될 무렵부터 사계절을 보내는 동안, 새로운 의미로 다가온 낱말을 모았다.

작가는 다람쥐 쳇바퀴처럼 반복되는 일상이 실은 날마다 빛나는 행복들로 가득 채워져 있음을 이야기한다. 또한 마흔 이전의 삶이 꿈과 목표를 이뤄야한다는 강박과 책임감의 연속이었다면 마흔 이후에는 자신과 주변 관계를 소중히 돌보고 주어진 하루를 지혜롭게 보내는 기술을 모색한다.

앞을 향해 치열하게 달려온 당신. 나이는 먹는데 여전히 마음 한 구석이 공허하고 이룬 것이 없다고 느끼는가. 그렇다면 잠시 발걸음을 멈추고 낱말 하나에 마음을 눠어보는 것은 어떨까. 흔한 낱말처럼 보이지만 그 안에 우리 인생이 지향해야 할 소중한 가치가 담겨 있음을 발견할 것이다.

평범하지만 저마다 또렷한 의미를 가진 낱말처럼 당신도 고유하다. 있는 모습 그대로 소중하고 가치로운 당신에게 이 책이 건네는 따뜻한 위로와 격려가 전해지기를 바란다.

주요 독자

- 살림과 육아 속에서도 고유한 나 자신을 찾고 싶은 30, 40대 여성
- '마흔' 이후에 펼쳐지는 일상의 의미와 행복을 찾고 싶은 사람
- '마흔' 이후에도 성장하고 싶은 사람

기획의 특징 및 차별성

1. 낱말 하나를 중심으로 '마흔'이라는 나이의 의미와 삶의 방향성을 모색한다.

✔ 글 한편의 제목은 글의 핵심어가 되는 낱말로 정하고 소제목을 함께 쓴다.

(예시) '먹이다'_남을 먹여가며 살았다는 흔적은 얼마나 아름다운가
'자라다'_잘한다는 것은

2. 일상 속 시행착오를 통해 깨달은 바를 성찰하는 에세이로, 돌봄과 양육에 지친 이들과 소통하며 위로의 메시지를 전한다.

3. 직접 그린 일러스트 그림을 글과 함께 싣는다.

✔ 여백이 많고 간결한 그림체로 독자의 몰입과 성찰을 돕고 계절감을 느낄 수 있게 한다.

Contents

1장 봄의 낱말들 "환상에서 일상으로"

1. 접다_ 유연하고 부드럽게, 마음 접기
2. 피우다_ 꽃다발을 묶는 일이 글쓰기를 닮았다
3. 흔들리다_ 바람이 불어야 비로소 가능해지는 것
4. 재미_ 네 잎 클로버
5. 닦다_ 할머니는 무얼 그리 닦고 닦으셨나
6. 아름답다_ 꽃이 떨어지지 않게 살아
7. 응원하다_ 그 시절 너는 놀이터 죽돌이였다네
8. 안아주다_ 안아주는 일은 알아주는 일

2장 여름의 낱말들 "무기력의 옷을 벗고"

1. 기억하다_ 어떤 것도 기대할 수 없을 때
2. 균형_ 당신의 빛나는 어깨로
3. 성공_ 인생의 두 장난꾼, 성공과 실패를 대하는 태도
4. 가까이_ 새벽에 물과 친해지기
5. 기특하다_ 아름다운 어른
6. 가장자리_ 섬의 가장자리를 걸으며
7. 열다_ 잠 못 드는 밤, 비는 내리고
8. 반복하다_ 미용실을 나서며

3장 가을의 낱말들 "우리가 함께 자라는 시간"

1. 담다_ 마음 그릇에 담는 연습
2. 먹이다_ 남을 먹여가며 살았다는 흔적은 얼마나 아름다운가
3. 차오르다_ 달이 왼쪽에도 있고 오른쪽에도 있어?
4. 듣다_ 이해받지 못한 말들
5. 자유롭다_ 우산 쓰지 않는 아이
6. 멋지다_ 고백받은 나무
7. 갈마들다_ 단풍처럼 사과처럼
8. 마지막_ 그냥 놔둬요
9. 자라다_ 잘한다는 것은

4장 겨울의 낱말들 "나답게 나아가기"

1. 천천히_ 날달걀을 옮기는 마음으로
2. 설레다_ 아침을 설레게 하는 것들
3. 덮다_ 글 덮는 밤
4. 스며들다_ '끝'이 아닌 '꿈'으로 향하는 시간
5. 배우다_ 아이도 궁금해 할까? 엄마의 꿈 이야기를
6. 빛나다_ 빛을 찾아서
7. 바림하다_ 사이좋은 색이 아름답다

서문 및 샘플 원고: 다음 페이지에 첨부

마흔의 행복, '나만의 조약돌'은 어디에 있을까

지난해 여름, 제주 서귀포에서 휴가를 보내고 있을 때였다. 숙소 근처의 산책로를 걷다가, 자연스레 이어진 길을 따라 내려가 보니 바닷가였다. 하늘과 바다 사이에는 해 질 무렵 오렌지 빛 노을이 띠처럼 걸려 있었다. 말로 다 표현 못 할 아름다운 풍경 앞에서 그저 감탄사만 흘러나왔다.

바다만큼이나 시선을 뗄 수 없었던 것은 제주의 돌이었다. 바닷물이 닿는 가장자리마다 검은빛 작은 돌들이 반짝였다. 그 돌들은 몇 개쯤 될까. 내 작은 머리로는 셀 수 없을 만큼 많았다. 평소에는 주로 시멘트 길을 걷느라, 돌멩이 하나도 구경하기 힘들었던 아이들. 그 돌들을 보자마자 신이 나서 바닷물 속으로 힘껏 던지기 시작했다. 그 모습을 바라보며 유독 내 눈에 들어오는 작은 조약돌들을 손으로 몇 개 주웠다. 그리고 이런 생각이 들었다.

행복이란 것은 이렇게 내 주변에 깔린 조약돌 같은 게 아닐까. 일상에서 이미 선물처럼 주어진 행복을 발견하지 못한 채 바쁘게만 살아오지 않았나. 후회가 파도처럼 밀려왔다. 그렇다면 행복한 삶을 위해 내게 필요한 것은 조약돌 줍듯 일상의 의미를 발견하는 기술이 아닐까.

나의 경우 내 주변을 둘러싼 '언어'에서 그 의미를 찾을 수 있었다.

다니던 직장을 그만두고 육아와 살림에만 십 년의 시간을 쏟았다. 두 아이를 키우며 시간은 정신없이 흘러갔고 얼렁뚱땅 마흔이 되었다. 아이들을 돌보고 집안일을 하느라 주어진 하루를 살아내기도 벅찰 때가 많았다. 그렇게 타성에 젖어 반복되는 하루를 살다가 나이의 앞자리가 바뀌니 많은 생각이 들었다. 마흔, 마흔이라니. 이십 대와 삼십 대를 시작할 때와는 달리 불안이 엄습했다. 그런 마음이 들 때마다 책을 읽고 글을 썼다. 읽고 쓰는 시간이 늘어가면서 언어에 대한 관심이 커져만 갔다. 낱말 하나에 골똘하며 생각에 잠기곤 했다.

하루를 보내고 나면, 시간은 온데간데없이 사라져도 내 마음에는 언어들이 남아 있었다. 내가 들은 말이든 전한 말이든 하루를 채운 말들을 떠올려 보며 하루의 의미를 문장으로 써 내려갔다. 어떤 날은 나를 둘러싼 언어들이 아름다워서, 그 하루 역시 아름답게 갈무리할 수 있었다. 또 어떤 날은 미움과 화를 돋우는 언어에 갇혀 후회 속에 잠들기도 했다. 낱말 하나에도 엄청난 에너지가 깃들어 있다.

열정도, 체력도, 끈기도 사십 대 이전보다 부족하다. 그러나 일상의 낱말들을 하나의 문장으로, 한 편의 글로 발전시켜 나가며 나 자신과 타인을 바라보는 시선이 바뀌어 가는 것을 느꼈다. 그리고 행복하게 사는 기술을 조금씩 배우는 중이다.

마흔 살이 시작될 무렵부터 일 년간, 내게 새롭게 다가오던 낱말들을 모아보았다. 낱말이란 저마다 의미를 갖고 있기에 자립적으로 쓸 수 있는 언어다. 하나의 낱말을 중심으로 평범한 일상의 의미를 풀어보기 시작했다. 한 편의 글은 동사, 형용사, 부사, 명사 등 하나의 낱말을 소재로 써 내려간 일상 에세이다. 애매모호하던 나 자신과 삶을 더욱 또렷하고, 보다 가치 있게 만들어 주는 낱말들. 마흔에 사귄 작은 낱말들을 이 책을 통해 소개하고자 한다.

평범한 일상 속에서 공기처럼 떠다니는 언어들을 애정 어린 시선으로 계속 바라보고 싶다. 이 책을 읽는 독자들도 나만의 조약돌을 줍는 마음으로, 자신의 하루와 일상에 숨은 행복을 함께 찾을 수 있길 바란다.

먹이다_ 남을 먹여가며 살았다는 흔적은 얼마나 아름다운가

친정 가는 길. 엄마에게 전화를 걸었다.

"우리 저녁 뭐 먹어요? 회 좀 떠갈까?"

집에 여러 가지 과일이 있으니, 과일은 사 오지 말라는 엄마의 연락을 받은 뒤였다. 명절 때가 아닌지라 딸네 가족의 갑작스러운 방문에 엄마는 저녁 메뉴를 고민하실 것 같았다.

"그냥 와! 아빠가 고기 사다 놓으셨어. 더 먹고 싶은 게 있으면 이따가 나가서 사와도 되고."

엄마의 핵심은 그냥 오라는 뜻이었다. 하지만 나는 아무리 친정이라도 이제 빈손으로 가는 게 더 어려운 나이가 되었다. 친정 근처에서 고기와 함께 먹을 만한 메뉴를 사기로 하고 일단 그냥 도착했다.

친정집 현관문을 들어서자, 집 안은 매콤한 멸치조림 향내로 진동했다. 엄마는 우리가 오기 직전까지 밑반찬을 만들고 계셨던 게 분명했다. 멸치조림을 보자 군침이 돌았다. 친정집 건너편에 위치한 횟집에서 맛있기로 유명한 해물찜을 굳이 사 오지 않아도 괜찮을 것 같았다. 엄마의 밑반찬을 하나하나 음미하는 데 바깥 음식이 오히려 방해꾼 역할을 할 테니까.

저녁 시간, 식탁 한쪽에서 돼지고기를 굽고 그 곁으로는 엄마가 차려내신 밑반찬이 가득했다. 말이 밑반찬이지 하나하나 엄마의 정성이 깃든 음식이었다. 주메뉴는 돼지고기 목살이었지만 내 관심은 온통 엄마의 밑반찬으로 쏠렸다. 먼저 내가 제일 좋아하는 여름 반찬, 오이지무침을 집어 들었다. 얼핏 보기에 반찬의 모양새는 내가 집에서 만들던 것과 비슷해 보였다.

올여름, 엄마에게 받은 오이지 덕분에 나는 어릴 적 향수를 느끼며 대여섯 번 오이지무침을 만들 수 있었다. 오이지무침은 먼저 절인 오이지를 송송 썰어 소금기가 빠지도록 물에 담가 둔다. 그 뒤 물기는 두 손으로 꼭 짜내고 고춧가루, 파, 매실액, 참기름, 통깨를 추가하면 완성! 접시에 담아 올린 누렇고 찌글찌글한 오이지를 보면 꼭 피다 만 꽃 모양 같았다. 소금에 절여져 투명해진 오이 속살을 바라보며 나는, 여름이면 같은 반찬을 만들어내셨던 할머니나 엄마를 떠올렸다. 받아 온 오이지를 버무려 무친 것뿐인 주제에, 이제는 이런 반찬도 만드는 나 자신을 내심 뿌듯해 했다.

이번 여름에 오이지무침을 섭렵한 나는 엄마가 만든 오이지무침도 내 것과 맛이 비슷하리라 짐작했다. 하지만 젓가락으로 오이지 하나를 집어서 입 안에 넣는 순간, 뒤통수를 맞은 듯했다. 엄마의 것과 내가 집에서 만든 것은 식감 자체가 달랐다. 분명 같은 오이지인데 엄마의 것은 아삭아삭했다. 물을 머금고 있던 오이가 맞나 싶을 만큼 그 식감이 살아 있었다.

오이지 옆에 놓여있던 고추장아찌 맛은 또 어떤가. 과하게 맵지도, 달지도 짜지도 않게 입 안을 개운하게 하는 맛이었다. 엄마가 홍합을 넣어 끓여낸 미역국은 뽀얀 국물에 심심하면서도 깊은 맛이었다. 내가 끓인 미역국은 색이 탁한 것과 달리, 엄마의 미역국은 미역 자체의 검푸른 바닷빛이 맑은 국물 안에서 일렁이고 있었다.

엄마는 41년 전 결혼과 동시에 시부모와 시누이들, 그리고 나의 증조할아버지, 할머니와 함께 사셨다. 할아버지도 첫째였고 아빠도 외아들이었기에 명절이나 집 안 행사의 구심점은 항상 우리 집이었다. 게다가 우리 네 남매를 낳고 키우셨으니 엄마는 밥을 짓고 음식을 해서 먹이는 일만큼은 평생을 갈고 닦으셨다고 해도 과언이 아니다.

저녁을 다 먹고 엄마와 나, 그리고 언니가 함께 둘러앉은 자리에서 엄마의 말이 신음처럼 새어 나왔다.

"그러고 보면 나는 남들 거둬 먹이는 게 팔자야, 팔자."

잠시 정적이 흐르고 나는 마음이 서늘해졌다.

"그런데 너희들 어릴 때는 그게 힘들지 않았어. 짜증도 안 나고 재밌었지."

이내 이어진 엄마의 말에 나는 안도했다. 순간 60대 중반의 엄마 얼굴에 나의 젊었던 엄마 얼굴이 겹쳤다. 내 기억에 엄마의 얼굴은 늘 곱고 화사했다. 집안 살림이 많은 와중에도 스스로 가꾸고 단장하는 여유만큼은 놓치지 않으셨다. 하지만 어찌 그 시절이 힘들지 않으셨을까.

유년기와 사춘기를 보내고, 청소년 시절부터 나는 엄마를 안쓰러운 대상으로 바라보게 되었다. 곱고 아름다운 엄마의 얼굴 뒤에 가려진 잿빛 그늘, 립스틱 바른 입술 사이에서 흘러나오는 한숨, 그리고 보이지 않는 가슴속 응어리 같은 것들을 읽을 수 있게 되었다. 그래서 그런 엄마의 삶을 존경했지만, 감히 꿈꿀 수 없었다. 정확히 말하자면 닮고 싶지 않았는지도 모르겠다. 이제야 수십 년이 지나 엄마의 기억도 갈고 닦여 좋은 것만 남지 않았을까. 엄마의 말처럼 엄마가 된다는 것은 팔 할쯤 자신이 아닌 타인을 먹여가며 사는 삶이다.

'남을 먹여가며 살았다는 흔적'은 얼마나 아름다운가. 한 시인은 그 흔적이 별처럼 아름답다고 말한다. 이생진 시인의 '벌레 먹은 나뭇잎'의 구절구절을 읽을 때마다 나는 나의 엄마가 떠오른다.

나뭇잎이
벌레 먹어서 예쁘다
귀족의 손처럼 상처 하나 없이 매끈한 것은
어쩐지 베풀 줄 모르는 손 같아서 밉다
떡갈나무 잎에 벌레 구멍이 뚫려서
그 구멍으로 하늘이 보이는 것은 예쁘다
상처가 나서 예쁘다는 것은 잘못인 줄 안다
그러나 남을 먹여가며 살았다는 흔적은
별처럼 아름답다

이생진 〈벌레 먹은 나뭇잎, 시집 「일요일에 아름다운 여자」, 동천사, 1997〉

나는 엄마가 해준 밥과 반찬뿐만 아니라, 엄마의 젊음과 꿈, 시간까지 함께 먹고 자랐다. 결혼과 동시에 전업주부로 살아오신 엄마도 한때 멋진 제복을 입고 여군을 꿈꾸던 젊은 날이 있었다. 음식에 대한 엄마의 감각과 소질을 발견한 어느 한식집 사장님은 엄마와 함께 일하자고 권유하기도 하셨단다. 하지만 엄마는 아들딸 밥 먹이는 것 때문에, 살림이 흐트러질까 봐 선뜻 집을 나서지 못하셨다.

엄마는 밥상을 치운 후에도 막 쪄낸 안흥찐빵과 검은 알이 박힌 옥수수, 반듯이 썬 수박을 내어 오시며 끊임없이 먹으라 하셨다. 다 큰 어른인 내게도 엄마는 여전히 '먹이는' 엄마이다. 어쩌면 먹이는 일만큼은 엄마의 숙명이자 특권일지 모른다. 어릴 적엔 밥상 앞에 앉아 깨작거리다가 종종 잔소리를 듣던 나였다. 더 먹어. 많이 먹어. 왜 안 먹어. 오랜만에 듣는 엄마의 잔소리가 듣기 좋았다.

더 먹어. 많이 먹어. 왜 안 먹어. 평소 내가 아이들에게 밥 먹듯이 하는 말들이다. 편식은 할지언정 이제 아이들도 밥 한 그릇은 저 스스로 비울 줄 아는 나이다. 저희 딴에는 잘 먹고 있는데 괜스레 엄마가 앞에서 이런 말들을 툭툭 던지면, 그것도 잔소리 같아 하지 않으려고 노력 중이다. 하지만 먹이는 삶을 살고 있는 나로서는 아이들이 제 멋대로 밥 먹는 모습을 그저 지켜보는 것이 쉽지 않다. 반찬을 골고루 먹었으면 좋겠고, 이왕이면 국도 건더기까지 싹 비워줬으면 좋겠다. 마치 차려준 것들을 지금 다 먹지 않으면 아이들의 성장이 멈추기라도 하는 듯 조바심 가득한 나의 마음은 잔소리로 이어지곤 했다.

친정집을 다시 떠날 즈음, 엄마는 명절 때가 아니라 싸줄 게 없다며 말씀하시면서도 딸네 식구 먹일 것들로 짐을 꾸리셨다. 참기름, 사과, 자두, 포도, 단호박, 옥수수, 고추 등 화수분 같은 엄마의 주방에선 먹을거리들이 마르지 않고 나왔다.

그 모습을 지켜보시던 아빠 왈,

"엄마는 꼭 저렇게 뭘 싸 보내야 마음이 편한가 봐."

"안 보내면 서운하지. 친정엄마는 쥐꼬리까지 싸준다는 데 뭐. 이 정도로."

먹이는 특권을 제대로 누리신 엄마는 목소리가 밝았다.

'엄마, 나는 하나도 안 서운해. 그런데 엄마의 음식을 먹고 사는 한 나도 어딘가 계속 자라야 할 것 같아. 아직도 자라고 자랄 곳이 많은 것 같아.'

이전 날 저녁에 먹은 엄마의 고추장아찌 한 병을 품에 안았다. 나는 마음 한편이 뜨거워졌다. 나뭇잎에 딱 붙어있어야 살 것 같은, 갓 태어난 애벌레가 된 기분이었다.

샘플원고 2

자라다_ 잘한다는 것은

아이들이 집을 떠나 있는 오전 시간, 이웃 언니와 근처 카페에서 브런치 타임을 가졌다. 아메리카노와 프렌치토스트를 사이에 두고 편안한 이야기들이 오고 갔다. 여러 가지 면에서 관심사가 비슷한 언니와 나는 점점 깊은 대화를 하기 시작했다. 아이들과 교육, 가족, 글을 쓰는 것 등에 대한 이야기를 주고받다가 나는 언니에게 나이 이야기를 했다. 이십 대 때 아득하게만 보였던 사십이란 나이는 '완성과 정착'의 이미지였다고.

어릴 적 상상한 사십 대는 잔잔한 항구에 잘 정박한 배의 모습이었다. 적어도 인생에 있어서 '방황'이란 어느 정도 정리된 나이일 것으로 생각했다. 하지만 여전히 꿈의 시작점에서 멀리 가지 못하고 여러 가지 선택 앞에서 갈팡질팡하는 나는 세상에 막 태어나 모든 게 처음인 햇병아리 같다고 말했다.

나보다 두 살 많은 언니는 내 말에 맞장구를 쳐주며, 웃는 얼굴로 말했다. 처음인 게 맞다고 말이다. 엄마의 역할도 처음이고, 남편과 아이들과의 관계 속에서 맞닥뜨리는 경험들이 모두 처음이라고. 글을 쓰는 것도 고민하는 과정이 있어야 배울 수 있고, 새로운 세계가 확장되는 것 같다고. 그러면서 내게 안심이 되는 한마디 말을 해주었다.

"잘하고 있어."

그 말에 고마웠다. 진심이 담긴 격려의 말은 언제나 용기가 된다. 그런데 언니가 건넨 '잘하고 있어'라는 말이 내게는 어쩐지 '자라고 있어'라고 들렸다. '잘한다'와 '자란다'의 발음이 비슷한 까닭일까. 언뜻 두 단어가 같은 의미로 느껴졌다.

빨리 이루어짐을 뜻하는 '속성'이란 말이 있다. 그런데 제대로 성장하는 데 있어서 '속성'이란 것이 얼마나 통할까. 어떤 계획과 목표를 이루는 데 잘하고 싶은 마음이 드는 것은 인지상정이다. 하지만 뭐든 '빨리빨리' 잘했으면 하는 마음 때문에 자기 자신이나 주변 사람들을 괴롭히기도 한다. 물론 어떤 지식이나 기술을 배우는 데는 시간 대비 효율적인 속성 학습도 필요하다. 하지만 어느 시점에 이르러서는 대체로 '속성'이 통하지 않는 것이 인생인 것 같다.

나 역시 그랬다. 아이들을 키우는 데 있어서 '빨리빨리'의 잣대를 들이댈 때가 많았다. 아이들이 잘 자고 잘 먹으면 키와 몸무게가 빨리 늘어날 것으로 생각했다. 한글과 영어를 배우면 금방금방 잘하게 될 줄 알았다. 또한 내가 세운 계획을 이뤄가는 데도 단기간에 어떤 성과를 내려고 스스로를 채근한 적이 많았다. 운동을 하면서도 체력이 금방 좋아지거나 살이 빠지지 않는 것에 한숨이 나왔다. 글을 쓸 때도 계획대로 진전이 잘 되지 않으면 힘이 빠졌다. 어떤 성과를 내어도 스스로 '잘했다' 칭찬하는 데 인색했고 그 순간 곧바로 '조금 더 잘하면 좋잖아'라며 더 높은 기준에 나 자신을 끌어올리려는 욕심을 부렸다.

하지만 삶은 '완성형'이 될 수 없고, 모든 인생은 각자 고유의 속도대로 자라가는 '진행형'이다. 그러니 더딘듯해도 포기하지 않고 무언가 노력하는 삶을 살고 있다면 그 자체로 잘살고 있는 것이 아닐까. 나 자신과 주변 사람들에게 칭찬해 줘야겠다. 잘하고 있다고 말이다. 최선을 다해 노력하는 사람에게 '잘하고 있다'는 칭찬의 말은 정말로 상대방을 '자라게' 한다고 믿는다.

결국, '자라고' 있으니 '잘하고' 있는 것이다.

2023년 '내 인생의 첫 책쓰기' 심화 과정 커리큘럼

연번	주제
1	구상1_주제, 책을 관통하는 키워드
2	구상2_글감, 어디서 찾을까?
3	기획1_끌리는 컨셉은 무엇이 다른가?
4	기획2_누구에게 무엇을 전할 것인가?
5	집필1_전체 원고, 일단 마침표를 찍자
6	집필2_글쓰기 노하우
7	집필3_쓰기보다 중요한 고쳐 쓰기
8	출판_어디서 출간할 것인가?

나는 글쓰기로 설렌다. 6

발행일 2023년 10월 21일

공저 오현주 · 윤수임 · 이은조 · 이자영 · 이현숙 · 이혜일

발행처 인천광역시교육청

주소 인천광역시 남동구 정각로 9(구월동)

전화 032.423.3303

제작 · 디자인 베리즈 코퍼레이션

ISBN 979-11-974423-4-6 (03800)